# 「特攻」の聲《こえ》

隊員と遺族の八十年

宮本雅史

角川書店

# 「特攻」の聲《こえ》

隊員と遺族の八十年

# 目次

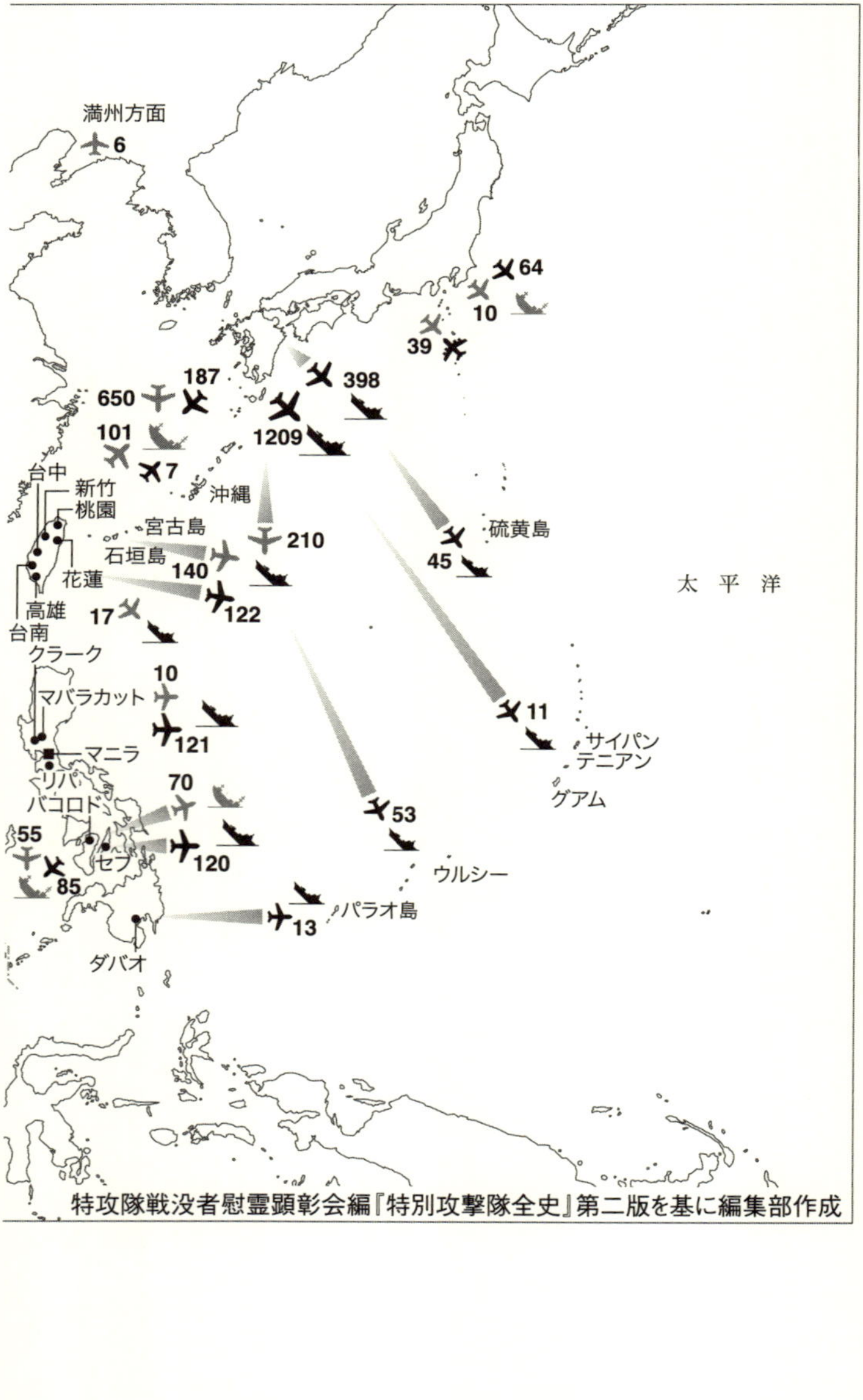

特攻隊戦没者慰霊顕彰会編『特別攻撃隊全史』第二版を基に編集部作成

凡　例
空母
艦船
B-29
海軍特攻
陸軍特攻
数字　特攻戦没者数
主要出撃基地
70
50
21
36
カーニコバル行
4
3
プーケット行
アロースター
4
メダン
スマトラ北西海面行
パレンバン
31
スマトラ南西海面行
バリクパパン行
21
スラバヤ

航空特攻作戦概観図

# 主な特別攻撃隊関連基地

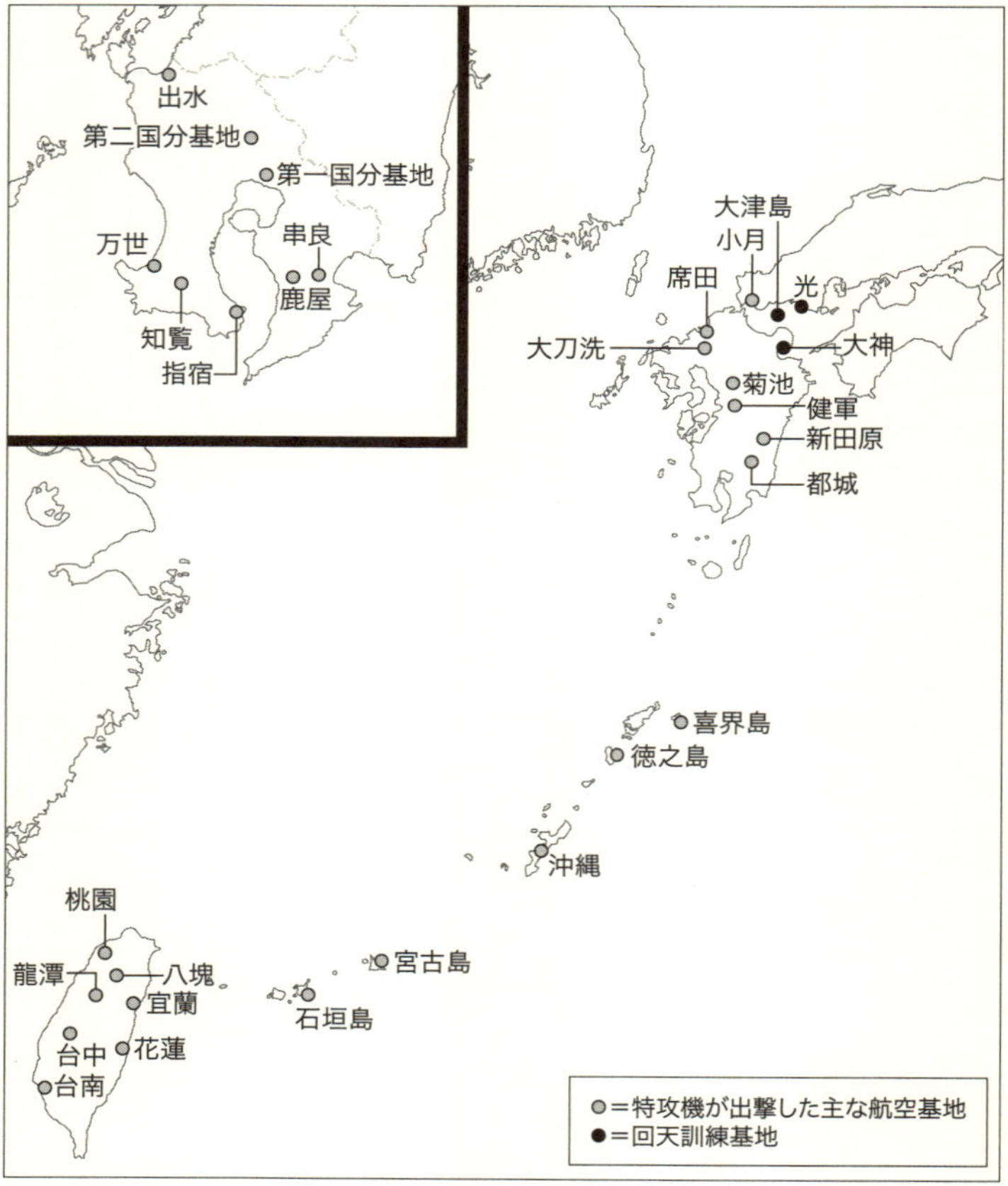

〔編集部注〕

可読性を考慮し、引用した手紙・手記・文献は原文より、原則として片仮名・旧仮名遣い・旧字体は平仮名・新仮名遣い・新字体に修正した。

著者が適宜補足した箇所は（　）を付し、一部省略した場合には（前略）（……）（後略）と示している。

階級は出撃時のもので統一、最終階級を初出時に補足している。

登場する一部の方々については敬称を省略した。

# 序章　笑顔の奥の真実を求めて

## 子犬を抱いた少年兵

九州から沖縄までは片道六百キロ。航空機で二時間余りの航程だ。現在のように自動操縦装置はない。レーダー誘導もない。風の変化を計算し、羅針盤と航空地図だけを頼りに飛ぶ。航程の大半は、敵のレーダーから逃れるため、海面すれすれの低空飛行だ。神経を研ぎすまし、一瞬たりとも気が抜けない。踏ん張り続ける脚はこわばり、手は操縦桿《そうじゅうかん》と一体になる。

敵艦隊を見つける。雲の合間から敵のグラマン戦闘機が襲い掛かる。隊長が手を挙げ、力強く、前に振る。「突撃」。エンジンを全開にして急上昇する。高度千メートル。突入態勢を整え、狙いを定めると無電の電鍵をたたく。「ワレトツニュウス」。歯を食いしばり、敵艦隊を見据えて操縦桿を前に倒す。

敵艦船からは対空砲が嵐のように激しく襲いかかる。敵の砲弾が炸裂《さくれつ》するたびに耳をつんざく破裂音に包まれ、機体は大きく揺さぶられる。

エンジンはうなりを上げ、急降下する。敵艦隊が目の前に迫ってくる。敵の攻撃をかわすためスピードを上げると、揚力で機体が浮いてしまう。気を失いそうだ。思わず目をつぶりそうになるが、目をつぶれば機体がぶれて、目標を見失う。最後まで、カッと目を見開いて目前に迫る敵影をにらみ、操縦桿をしっかりと押さえる。

突撃開始から目標までは約二キロ。時間にするとわずか十秒足らずだ。

特攻隊に関心を持ったことがあれば、一度は目にしているのではないかと思う写真がある。五人の少年兵の写真だ。

小さな子犬を抱いて微笑む少年を笑顔の少年たちが囲んでいる。全員、飛行服に飛行帽、白いマフラーを巻き、首からは飛行時計をぶらさげている。飛行帽の上には「必勝」と書かれた日の丸の鉢巻きも見える。

子犬を抱いた荒木幸雄伍長（提供　荒木精一）

真ん中で子犬を抱いているのが荒木幸雄《あらきゆきお》伍長《ごちょう》。その両脇で子犬の頭をなでているのは早川勉伍長と千田孝正伍長。荒木伍長の右肩に後ろから左手を乗せ、大きな笑顔を見せているのが高橋要伍長。その横ではにかむように上目遣いで横を向いているのが高橋峯好伍長だ。

今にも、五人の笑い声が聞こえてきそうな一枚だ。

荒木、高橋（峯）は十七歳、早川、千田、高橋（要）は十八歳。五人は陸軍少年飛行兵で、第七十二振武《しんぶ》隊員として、沖縄に押し寄せていた米艦隊を撃滅するため、昭和二十（一九四五）年五月二十七日未明、鹿児島県の万世《ばんせい》飛行場を出撃し、沖縄近海で特攻を敢行した（全員、没後少尉）。

五人は当初、五月二十六日に出撃する予定で、この写真は出撃の二時間前に作戦指揮所壕《ごう》前で撮影された。ところが、沖縄方面の悪天候により、急遽《きゅうきょ》、出撃が一日、延期されたのだ。つまり、この写真が撮影された時点では、間違いなく数時間後に死が迫っていたことになる。

人は〝死〟を目前にして、こんなにも冷静に過ごせるのか、こんなにも屈託のない笑顔になれるのか……。特攻出撃を控えた彼らの邪念のない笑顔の奥に、見落としてはいけない何かがある気がした。彼らが伝えようとしているものは何か。この一枚の写真に突き動かされるように、私は元特攻隊員とその遺族たちに話を聞き始めた。

子犬を抱いた荒木伍長については、前作の『「特攻」と遺族の戦後』（角川ソフィア文庫）で詳述したが、伍長らが所属する第七十二振武隊が編成され、特攻出撃を命じられたのは昭和二十年三月三十日。五月二十七日未明に出撃するまでの約二ヵ月間は、死へのカウントダウンの日々だった。〝死〟が確実にそして着々と迫るなか、少年飛行兵たちはどのように過ごしていたのだろうか。

## ひたむきに訓練に励む

荒木伍長は十四歳の時、桐生《きりゅう》市商業青年学校を突然、中退して、昭和十八（一九四三）年、海軍飛行予科練習生（予科練）を受験した。合格はしたものの、入隊時の健康診断で体調不良とされ不合格になる。この日の日記には、「涙を呑《の》んで土浦《つちうら》を去る」とあり、落胆ぶりがうかがえるが、その三ヵ月後、家族に告げずに陸軍少年飛行兵に挑戦し、合格する。

「航空技術者が夢だった」（実兄・精一《せいいち》）という荒木伍長は、東京陸軍少年飛行兵学校（村山《むらやま》村、現・武蔵村山《むさしむらやま》市）に入校。操縦科に配属され、福岡県の大刀洗《たちあらい》陸軍飛行学校の甘木《あまぎ》生徒隊（現・朝倉市）などで訓練を受けることになる。

伍長は、訓練時代から特攻出撃するまでの思いを、漢字とカタカナ交じりの簡単なものだが修養録（日記）に残している。

昭和十八年十一月八日
大東亜戦以来早くも満二年とならんとしているとき、南方では壮烈なる激戦が展開している此時《このとき》に当り、我々は尚《なお》一層勉励致し、国に報ゆるの務めを尚一層固めなければならないと思った。

十一月十七日

この訓練に打ち勝たねば、立派な操縦者になる事は出来ない。この辛《つら》い訓練の度に、故郷の事を思い、何の此れ位と思い一層奮起せり。

連日のように決意の言葉が綴《つづ》られた当時の修養録からは、肉体的、精神的につらい訓練に負けまいと、故郷に思いを馳《は》せながら自らを鼓舞し、一流の操縦士を目指す信念と覚悟が伝わってくる。

その後、同飛行学校の目達原《めたばる》陸軍飛行場（現・佐賀県吉野ヶ里《よしのがり》町）の目達原教育隊で四ヵ月にわたって実際の操縦訓練を受ける。修養録には、国を護《まも》るという意思がさらに強く表されるようになり、そのために必要な技術の習得、精神力の強化への思いがたびたび綴られている。

昭和十九年三月二十三日

飛行服を着て飛行機に乗る訓練をする。幼少より憧《あこが》れの的であったあの堂々たる飛行兵の姿が、今我々も遂に実現したのだ。其の時の気持は只嬉《ただうれ》しくてたまらなかった。一日も早く立派な操縦士となり国恩に報うべく努力する覚悟なり。（……）今後は益々《ますます》注意事項を良く守り、一意操縦教育に専心し、大空を天翔《あまが》けるべく立派な飛行士となる覚悟なり。

特殊飛行訓練を開始した五月二十日には、

最初の飛行であるので少し目が廻《まわ》ったが、此れ位で目が廻っては真の操縦者とは謂《い》えない。（……）空襲其のときは第一番に飛び立ち敵機に打《ぶ》つかるの気概と技倆《ぎりょう》とを一日も早く向上せねばならないのである。

と書いている。

昭和十九年七月二十四日には目達原教育隊を離れ、朝鮮・平壌《ピョンヤン》の朝鮮第一〇一部隊の第十三教育飛行隊で襲撃機の操縦訓練を受けるが、修養録は同年六月二十日でいったん途切れているため、ここでの訓練の詳細は分からない。ただ、遺品の飛行記録を見ると、昭和十九年八月五日から翌二十年一月まで、朝鮮半島で、九九式襲撃機を操縦して、編隊飛行や薄暮飛行、緩降下爆撃や超低空爆撃、跳飛爆撃予行など実戦に向けての訓練を受けていたことが分かる。

## 特攻が現実に

荒木伍長がこうした訓練を受けている最中の昭和十九（一九四四）年十月、海軍兵学校第七十期の関行男《せきゆきお》大尉（没後中佐）らによる神風特別攻撃隊が出撃する。その報に触れた荒木伍長は父親の丑次《うしじ》に、

大東亜決戦も熾烈《せんれつ》さを加え一大国難に際会致しましたとき特別攻撃隊等の諸先輩に引続き愈々《いよいよ》皇国の為奮励する覚悟です。

と、葉書を出している。葉書は十二月二十日に丑次の手元に届いているが、明らかに特攻攻撃を現実のものとして意識した内容だ。

修養録は、昭和二十年二月十八日に再開しているが、文面は以前とは打って変わり、「死生観」や「特攻」の字が多くなっている。

此の緊迫する一大時機に我空中勤務者として奉公出来るのは真に武人の面目此の上なし。特攻の精神を以《もっ》て訓練に内務に勉励せん。敵機来《きた》らば敢然此の腕を以て此の襲撃機を操縦して敵に体当りを敢行し潔く散華せん。

死生観に透徹し、死して汚名を残さず名誉を後世に残さん。

修養録は同年三月十七日から五月十六日まで再び記されていない。元特攻隊員の苗村七郎《なえむらしちろう》氏の『陸軍最後の特攻基地』（東方出版）によると、朝鮮・平壌で飛行訓練を受けていた荒木伍長らは同年三月下旬、岐阜県・各務原《かかみがはら》飛行場に移動、同月三十日、第七二振武隊が編成され、特攻攻撃を命じられている。修養録が途絶えている期間は、沖縄特攻作戦が全面的に展開された時期だ。この間、荒木伍長らは、平壌、北京《ペキン》、済南《さいなん》、南京《ナンキン》などで特攻出撃の準備に忙殺されていたと考えられる。〝死ぬための〟訓練の日々を送っていたのだ。

同年五月十七日、出撃命令を受けて平壌から目達原基地へ移動した荒木伍長らは、同基地から北西に約三キロ離れた西往寺《さいおうじ》で待機の日々を過ごした。

修養録は、目達原基地へ移動したこの日に再開している。

待ちに待って居た門出である。（……）平壌を出発、決戦続く沖縄へ沖縄へと前進す。必ずやる一撃轟沈より外になし。（……）大刀洗時代の目達原飛行場に到着す。（……）銃後の期待に添わん大戦果を挙ぐ。

五月二十日には、

突撃訓練のため飛行場に行く。而《しか》し悪天候のため演習せず、休憩所に待機す。町又は部落人の赤誠にある贈りものと慰問にて大高笑や腹ぶくぶくにて下痢を起す次第なり。

午后《ごご》〇〇時、明日出撃せよとの有難き命令を受く。只感慨無量。

一撃轟沈を期すのみなり。

慰問者絶えず延《の》べ数何百人を数う。

最后の秋《とき》を朗らかに歌い別れの

と途切れ、修養録は終わっている。

二十日の文章が「歌い別れの」と途中で終わっていることについて実兄の精一は、「最後まで書く時間がなかったのか、それとも感極まったのか……その時の弟の気持ちを考えると胸が詰まる」と目頭を押さえた。

修養録を読み進めると、荒木伍長は、戦局の悪化と共に、国家のために前線に行くことを当然と考えるようになり、特攻作戦が展開されると、自ずと出撃を決心しているように思えてくる。そこには、少しの迷いも見出《みいだ》せない。しかし、今と時代背景が違うとはいえ、死を覚悟することは容易ではないはずだ。伍長らは、心《しん》から気持ちを整理して、写真のような笑顔で出撃の時を迎えることができたのだろうか。自らの特攻出撃が現実となった時、伍長に、迷いはなかったのか。

## 不安と恐怖との戦い

伍長と同じ振武隊の隊員で、移動途中の敵襲で大やけどを負い、特攻作戦に参加できなかった西川信義軍曹（故人）は、終戦直後の昭和二十（一九四五）年十一月十五日、群馬県桐生市に伍長の父、丑次を訪ねている。

丑次と一緒に立ち会った弟から精一はその時の様子を聞いていた。

「西川さんは、仏壇の前で座ったきり、泣きじゃくっていたそうです。特攻隊員の中には出撃命令を受けて泣いてしまう隊員もいたようですが、弟たちの部隊はいつも明るくて、朗らか隊と呼ばれていたそうです」

この西川軍曹は生前、特攻命令を受けたときの気持ちを次のように書き残している。

負けるためでなく自分が死んで勝つものならと、死を志したものであった。（……）しかし特攻隊は出撃したらもう帰って来ない。帰えられないのは体当たり攻撃をするための、出撃であるので致し方ないが、果たして死ねるだろうか、操縦桿を握って敵艦目指して突込んで行く事が出来るのか、敵空母に眼がくらんで逃げるかも、いやいや、急降下してぐんぐん空母の艦板が眼の前に、眼を閉じて突込むのだろうか——等考えさせられた。いざ死ぬと決めたときはなかなか人間は弱いものだとも思ったり、目標到着までに敵機の攻撃や、艦砲射撃等で交戦する事は何も考えず、敵空母に体当たりが出来るのだろうか、体当たりをする。そのことだけを考えたものであった。

（……）

（平壌では）毎晩のように宴会で飲んで歌って踊って楽しく人生を過ごすかに見えたが、酒の量も増してくると、笑い上戸あり、泣き上戸ありで困った事もあった。隊員の中には郷里が遠いため休暇も取れず田舎に帰れず、最後の家族との暇乞《いとまご》いも出来なくて心残りのある者もあったが、班長（私が内務班長であった）と一緒に死ぬのだからとなだめて床に入れた事もあった。

正直のところ死にたくはないのが普通である。ただ、ひたすら国のために体当たりするだけを心掛けて、皆無心になるように勉《(ママ)》めたものである。

みながやすやすと特攻を決意できたわけではないのだ。不安と恐怖にさいなまれながらも、国家のため家族のためにと、気持ちを固めていったのである。

ある時、私は鹿児島で父親が特攻要員だったという男性と知り合った。男性の父親は亡くなる直前、初めて息子に、自分が特攻要員だったと告白したという。話をしたのはわずか三十分間だけで、父親は多くを語らなかったが、自分が甲飛第13期予科練習生で、昭和二十年八月十五日に出撃予定だったこと、出撃前は電信柱を見ても、草木を見ても涙が止まらなかったことだけを話し、質問をしてもそれ以上は教えてくれなかったという。彼は私に「父親の気持ちを少しでも理解したいと思い、知覧《ちらん》や万世などの特攻基地を訪ねている」と話した。

電柱を見ても草木を見ても涙が止まらない。健康なのに避けられない死を直前にした、本人にしか分からない感情に、私は言葉を失った。

## 空白の一週間

修養録が途切れているため、五月二十日以降の荒木伍長の内面は最早知りようがない。それでも、伍長らの最後の一週間を書き残した資料はいくつかある。三月三十日に特攻の命を受けた後は、ただ、突撃の時を待つための日々だった。『陸軍最後の特攻基地』によると、同じ部隊の千田孝正伍長の機付長（整備責任者）だった宮本誠也軍曹が伍長の父親に宛てた手紙を、少々長いが紹介する。五人の気持ちに近づければと思う。

（前略）五月十七日、九州佐賀の飛行場に降りると、お寺に一週間程宿泊する事になりました。千田君第七十二振武隊は自ら朗《ほがらか》部隊と名をつけた程愉快な連中だったのです。すこしの酒があれば勿論《もちろん》そんな物が全然ない時でも歌の聞えない事は珍しいというわけで隊長殿もおとなしかったので、何のこだわりないはつらつとした若さはそこで一段と発揮されました。その頃のあの人々には何の恐れる物もなかった。人におこられるとか、失敗しないだろうかとか、そんなけちな考えは悠久の大義に生きんと言う大理想の前に全然かきけされてしまったのです。全ての行動が自信に満ち純で神を見る如きでした。佐賀に於《お》ける村の人々の好意は他の所と問題にならぬ程絶大なる物がありました。（……）隊員の方々は申わけない様な顔をして居られました。勿論「特攻隊でもうじき死ぬんだぞ」などと言う高ぶった所は全然みられなかったのです。

いよ〳〵明日は鹿児島へ出発という日、五月二十四日の夜、皆めい〳〵に私物の整理をして居ます。手紙を書いて居る人、飴《あめ》をしゃぶりながら話をしたり笑ったりして居る人、村の人からたのまれたらしい一筆を日の丸に書いて居る人、孝正君は古い手紙やノートを火鉢にくべて居ました。ちょっと読んではやぶいて焼き、何か思い出す様に、くすぶる煙を見て居られました。思えばあと百時間もない命をそれとなく整理されて居られたのでしょう。二十五日十二時二十分、佐賀目達原の飛行場を離陸しました（……）最後の基地万世飛行場では（……）ちょっと会った時千田君が言われました。「宮本軍曹殿金はありますか」「かね」「えゝ」「金ならあるよ。どうして?」「いや、明日でおしまいですから金がなかったら上げようと思って」「そうかい有難う。いや金はある家に送れよ」それから「これ上げましょう、パイプとめがね」「有難う」「風呂敷《ふろしき》、それからお人形」「すまないね」その外いろ〳〵のものをかたみとしていたゞきました。

（……）二十七日が来てしまいました（……）その前夜二十六日から愛機のつばさの下にうたゝねして一夜を明した整備班の我々は四時少しすぎて孝正君等の引きしまった顔を向えました。たしかにいつもと変った何物かを感じました。神々しいというか、力強いと言うかそんな物を。

陽はまだ出て居ません。（……）孝正君は飛行機の所へこられました。命令を承《う》けて、既に此の空母をこっちの方から体当りだと目算ある様で自信満々の御様子でした。ふろしきを出して、「宮本軍曹殿弁当食って下さい。」「いゝよ君の朝めしだろう。」「でももう三時間もたてば突込むんだからいらない。今腹もへってないですから。」「喰《く》えよ。腹がへっては戦が出来んぞ。」「すぐでかい空母を喰うんだから弁当なんか喰っては喰《くい》すぎて腹をこわしますよ。」と心にくい言葉に私は風呂敷づつみを持たされました。

五時五分前「始動！」（……）車輪止ははずれました。二度と絶対に必要のない車輪止。（……）孝正君がにっこり笑って私に敬礼しました。（……）六番機、千田機です。わらって居ます。手を振って居ます。（後略）

千田伍長は、離陸直前、宮本軍曹に両親に手紙を書いてくれるように頼んでいた。軍曹は右の引用に続けて、

「何も言う事無し。我幸福なり。大君のはなと散り、父母に孝をいたさん。たゞお元気でよろしくお便りされたし、ふるさとに」と若き千田少尉殿の声はぬぐっても消えないひゞきでした。

と伝えている。

宮本軍曹は、千田伍長の父親への手紙の中で、

（西往寺に宿泊していた時期）村の人の好意は非常なものでした

と述べているが、千田伍長は中でも福山芳子の家族と交流があったようだ。

芳子が伍長の父親に宛てた手紙がある。自宅前で家族と撮った記念写真を添えたその手紙には、伍長の日常の様子も綴られている。

（前略）お母さんお母さんと云って御飯頂く時も、私のすぐそばに座してまるで本当の子供が寄りかゝる様にして一処に戴《いただ》きました「アラ千田さんは左におはしを持って―と云いましたら自分は小さい時から家に居る時は母のそばで左ギッチョ御飯を頂いて居りました。今日はお母さんのそばだからいいでしょう。（……）お母さん、と云って、そ

れからはお琴をひくのも左の手で、荒城の月と数え歌と、白地に赤くの三つ教えてやりましたら、良くおぼえて下さいました（……）本当にいい子でした。歌がお上手で朗らかに良く歌って下さいました。

そして、五月二十五日、目達原飛行場を出発する際の様子を次のように報告している。

五月廿五《にじゆうご》日午後五時出発との事でしたので、そのつもりで居りましたところ命令が早くなって正午との急電話に驚いて娘の自転車に同乗してかけつけましたが（……）飛行場についた時は遂《すで》に飛び立って居られました。娘だけ急がせて自転車をはしらせましたところ、やっとお目にかかれたとの事です。

四番機と聞いて居りましたので、一番低空して居る四番機に手を振って千田さん〳〵と呼びかけました。本当に残念でなりませんでしたが、仕方ありませんでした。

お母さんまだかね〳〵と、それはそれは待って居て下すったとの事です（……）沢山の花たばを飛行機いっぱいかざって、日の丸のハチマキをしてマスコットを腰に沢山さげて勇ましく出発されました。寸時にして話すことは出来ませんでしたが、残って居られた戦友の言葉です（……）唯今《ただいま》では五人前の写真をガクに入れて家の子供と一処に祭棚にお祭りして毎朝晩おがみをして居ります。

『陸軍特別攻撃隊の真実　只一筋に征く』（ザメディアジョン）は、荒木伍長らが西往寺で出撃を待つ間の様子を、隊員らに食事を運ぶなど生活の面倒をみていた南静枝らの証言などを基に紹介している。

> 隊員たちが寝起きする場所は8畳と15畳の二間続きの大座敷。台所には電話がひかれ、彼らは電話のベルが鳴るたびに、出撃命令かと緊張したという（……）自分たちを「ほがらか隊」と名付けるほど、彼らは底ぬけに明るかった。（……）身の回りのことは自分で行い、洗濯物は裏の川で洗って、庭の木に干した（……）早川勉伍長は「自分が隊長より先に一番機になって突っ込むんだ」と話していたという。荒木幸雄伍長は、出撃と決まった日、私物を整理しながら、「これ、しーちゃんにあげるよ」と言って、ハーモニカを静枝さんに贈った（……）いよいよ鹿児島へ出発するという前日の夜、隊員たちは手紙を書いたり、飴をしゃぶりながら談笑したり、村の人に頼まれて日の丸に一筆書いたりと思い思いに過ごした。千田孝正伍長は古い手紙やノートを読み返しては破いて火鉢にくべ、くすぶる煙をを《（ママ）》見つめていた（後略）

荒木伍長らは、五月二十五日、西往寺に別れを告げて万世飛行場に移動、出撃に備えたが、沖縄地方の天候不良のため、一日延期になった。最後の夜は、万世飛行場から南東約二・五キロ離れた旧南薩《なんさつ》鉄道加世田《かせだ》駅近くの飛龍荘《ひりゅうそう》で過ごす。その夜千田伍長は飛龍荘の女主人、山下ソヨに、「あなたたちはいいねぇ（……）。このきれいな星空も、今夜が見納めだ（……）。おふくろたちは、どうしているかなぁ」と言い、いつまでも星空を見上げていたという。

早川伍長は西往寺に、

（前略）第二の故郷たるべく楽しく過ごした西往寺が思い出となります。今日は万世町はずれの旅館に宿泊致しておりますが、話は皆々様の事ばかりです。静ちゃんより戴いたお人形も静ちゃんが共に居ると思って可愛がっております。そして、共に空母を轟沈させてあげます。何卒安心の程。（後略）

と礼状を残している。

彼らは、それぞれの思いで生への執着を絶ち、出撃していったのである。

## 別れの秋《とき》

荒木伍長らの出撃を家族はどのように受け止めたのか。

荒木伍長は特攻隊の命を受けた五日後の昭和二十（一九四五）年四月五日、突然、群馬県桐生市の実家を訪れている。

精一によると、伍長は座敷に上がると、神棚に背を向けて正座し、家族全員を座敷に呼んだ。そして、静かな声で「大命が下りました。元気で行きますから」と言い、家族一人ひとりの名前を書いた封筒をそれぞれに手渡した。夕食の際には、父親の丑次に陸軍航空総監賞と刻まれた懐中時計を渡している。食事の間、戦争や特攻の話は一切出なかった。

その数日後、精一は各務原飛行場に弟を訪ねた。

「子供の頃の話や隣近所の話、家の将来のことなどを話した。『かあちゃんは身体が強くないから大丈夫かなあ』『後のことは頼むよ』と言った後、『俺はもういらないから、母ちゃんに渡して』と言って十円札を数枚出して私の手につかませた。私は代わりに『これを持ってってくれ』と言って自分の腕時計を渡した」

この日、精一は外泊を許可された伍長とともに軍の指定旅館に泊まった。

「(その翌朝)弟は、旅館で用意した朝食を『部隊で食べるから』と言って断り、私が『元気でな』と言うと、『元気で行くよ。みんなに宜《よろ》しく』とだけ言って、挙手の敬礼をして帰って行った。これが弟を見た最後でした。弟の態度には何か毅然《きぜん》としたものを感じましたが、後ろ姿を見ていて不憫《ふびん》でなりませんでした。まだ、恋愛の経験もない。いったい、何のために生まれてきたのかと思うといたたまれなくなってしまいました」

と精一は言った。

荒木伍長は家族へ多くの手紙を出している。

昭和二十年四月二十七日消印

（前略）町の有志より歓待を受けたり御送られたり本当に一生の幸福と存じて居ります。（……）自分等は必ずやります。狙う獲物は敵の空母。任務完遂の為には何ものもいといません。我々の死ももう間近に迫って居るのです。

いざ出撃のときは御両親様始め親戚《しんせき》方の御期待に添うべく立派なる最期を遂げる覚悟です（後略）

そして、丑次に宛てた最後の葉書にはこうある。

五月二十七日
最后の便り致します。
其《その》後御元気の事と思います。
幸雄も栄《はえ》ある任務をおび
本日（廿七日）出発致します。
必ず大戦果を挙げます。

桜咲く九段で会う日を待って居ります。
どうぞ御身体を大切に。
弟達及隣組の皆様に宜敷《よろし》く　　さようなら

伍長は行く先々で、家族に対し、生活の変化と心境を報告し、まるで自分の〝決意〟を確認するかのように意志を伝え続けている。修養録や手紙、周囲の証言に残された荒木伍長の生きた証《あかし》と足跡を追うと、自分たちの命と引き替えに、国家の平和と家族の健康、幸せを心底願っていたことを痛いほど感じる。それは、荒木伍長だけではない。千田伍長や早川伍長ら全員に共通するのだ。

出撃前の少年兵の笑顔――。それは、苦渋の末、国家と家族のために〝死〟を決断した彼らが、目の前に現れた子犬に感じた、生きとし生けるものへのいとおしさの発露だったのではないだろうか。この瞬間、彼らの脳裏には戦争のことも、数時間後には特攻隊として出撃していくという現実も消え失《う》せていたように思える。

神風特別攻撃隊「敷島隊《しきしまたい》」が初の特攻を敢行してから、令和六（二〇二四）年十月二十五日で八十年になる。大西瀧治郎《おおにしたきじろう》中将が自ら「統率の外道」と称した特攻作戦による戦死者は六千三百七十一人（特攻隊戦没者慰霊顕彰会）にのぼる。しかし、特攻隊員が命を懸けて護ろうとした日本はどうだろう。長年、拉致《らち》問題や北方四島問題に揺れ、尖閣《せんかく》諸島は中国の標的にされ続けている。特攻隊員が護ろうとした領土も、外国資本による買収に歯止めがかからない。日常生活でも、親殺しや子殺しを始め犯罪が凶悪化している。私は三十数年、元特攻隊員や遺族と交流を続け、彼らの「聲《こえ》」に耳を澄ませてきた。そして、この間の日本と日本人の変化を感じるとともに、特攻隊と向き合うことは日本人論を語ることに通じると確信している。

いま一度、彼らの思いに立ち返ることで、未来の日本の姿を考えたいと思う。本書を通じ、読者諸氏に伴走していただけたら幸甚だ。

# 第一章　出撃した者たち

# 一　最初の特攻

## 前代未聞の作戦

昭和十九（一九四四）年十月二十五日午前十時四十五分、フィリピン・レイテ湾に、突然、爆音が轟《とどろ》いた。雲間から五機の零戦が現れ、湾口に停泊中の米機動部隊を急襲したのだ。米機動部隊は一斉に連続射撃を繰り返し、弾幕を張ったが、五機は一直線に空母の飛行甲板に突っ込んだ。

直後、敷島隊の戦果として「空母一隻二機命中撃沈　空母一隻一機命中火災停止　軽巡一隻一機命中轟沈《ごうちん》」と打電が入る。

防衛省防衛研究所戦史研究センター（旧・防衛庁防衛研修所戦史室）編纂の『戦史叢書《そうしょ》』（朝雲新聞社）によれば、この時一機は護衛空母セント・ローを大破、沈没させ、ほかの二機は航空母艦二隻に損害を与える大きな戦果をあげていた。

この攻撃をうけ、米軍の間では、「レイテ湾の海戦で日本軍は新しい兵器、無人爆撃機を使い始めた。神国ニッポンは恐ろしい」と噂が飛び交ったという。

海軍兵学校七十期の関行男大尉（当時二十三歳、没後中佐）が率いる神風特別攻撃隊敷島隊（五人編成）の特攻作戦だった。

戦果を受け、同月二十九日付の朝日新聞は一面で次のように報じた。

> 身をもって神風となり、皇国悠久の大儀《（ママ）》に生きる神風特別攻撃隊五神鷲《かみわし》の壮挙は、戦局の帰趨《きすう》敗れんとする決戦段階に帰して身を捨てて国を救わんとする皇軍の精粋である。愛機に特別爆装し機、身もろ共敵艦に爆砕する必死必中の戦法は絶対に帰還を予期せざる捨身の戦法であり、皇軍の燦然《さんぜん》たる伝統の流れを汲み、旅順閉塞《りよじゆんへいそく》隊あるいは今次聖戦劈頭《へきとう》における真珠湾特別攻撃隊に伝わる流れに出でてさらに崇高の極地に達したものである、殊に神風隊はかねて決戦に殉せんことを期して隊を編成し、護国の神と散る日を覚悟して猛訓練を積んだものである、勢いに余って死するは或は易い、しかし平常死する日を期してひたすらその日のために訓練を励むがごとき、果して神ならざるもののなしうるところであろうか（……）台湾沖海戦以来今次の決戦で数知れぬ荒鷲《あらわし》が体当たりをとげた、一機をもって一艦を必殺する戦法は敵を震駭《しんがい》せしめている（……）殊に今回の神風隊の壮絶な最期を思う時、この神鷲達の覚悟はまた前線全将兵の覚悟そのものに外ならないことを知るのである（後略）

また、社説では、

噫《ああ》忠烈（……）

神風特別攻撃隊敷島隊員に対する連合艦隊司令長官の布告に接しては、われら万感切々として迫り、この神鷲忠烈の英霊に合掌、拝跪《はいき》すべきを知るのみ。（……）謹んで、生還を期せざる烈士の高風を仰ぎたい。いな征いて帰らざるを予て心魂に徹したる神鷲の崇高さに、ひしひしと全身を全霊をみそぎはらいせらるる思いである。清澄無比、透明の極致である。聖慮、神意へのひたぶるな帰一の境涯である。関大尉等五勇士の雄魂は、これによって驕慢《きょうまん》なる敵戦力を挫《くじ》いた。邪悪なる敵の非望をも斬った。まずおのれに克《か》ち、妄想を絶ち得たからである。かくてこそ、この大御戦は必ず勝つ。この殊勲、この精神にわれらは勝機を見た。

と熱烈な賛美の言葉を連ねている。

「決死隊」ではなく「必死隊」である前代未聞の特攻作戦。関大尉は母親と新婚五ヵ月の新妻を残しての出撃だった。

敷島隊の予想外の戦果に、特攻作戦はその後も続けられ、終戦まで常態化することになった。

関大尉が所属した第一航空艦隊所属の第二〇一海軍航空隊（二〇一空）は、ラバウル、カビエンを転戦後、フィリピン・ミンダナオ島ダバオ、マニラなどを経て、当時、ルソン島中部のフィリピン最大の航空基地、クラークフィールドの一角、マバラカット飛行場（以下基地）に拠点を構えていた。マバラカット基地はマニラから車で二時間余りの草原地帯にあった。

関は昭和十六（一九四二）年十一月十五日、海軍兵学校を卒業すると、少尉候補として戦艦「扶桑《ふそう》」や水上機母艦「千歳《ちとせ》」の乗組員となる。ミッドウェー海戦では少尉として後方を固め、その後、霞ヶ浦《かすみがうら》海軍航空隊や台湾・台南《たいなん》の練習航空隊の教官などを経て、昭和十九年九月二十五日、マバラカット基地の二〇一空に赴任した。

二〇一空は戦闘機部隊だ。艦上爆撃機隊出身の関大尉は、畑違いの戦闘機乗りとなり、零戦による急降下爆撃の訓練を続けることになった。大尉の人生は、この日を境に大きく変わる。

大尉がマバラカット基地に赴任した三週間後の十月十七日、第一航空艦隊司令長官に内定した大西瀧治郎中将がマニラに到着する。

大東亜戦争は、開戦当初は、空母機動部隊で勝る日本軍が優勢だった。しかし、徐々に航空戦力を充実させる米軍の前に、昭和十七年六月ミッドウェー海戦で大敗する。翌十八年二月にはガダルカナル島が全滅すると、五月にアッツ島が玉砕。翌十九年六月のマリアナ沖海戦では空母部隊が壊滅し、七月には米軍の上陸を許していたサイパン島が玉砕していた。

この頃になると、日本軍はすでに制空権、制海権を失っており、『戦史叢書』によると、昭和十八年頃から体当たり攻撃案が上がっていたが実行に移されることはなかった。しかし、サイパン島の陥落により、「特攻やむなし」に、大本営の意見は傾いていったという。

こうした戦況下で、大西中将は特攻作戦を決断することになる。

門司《もじ》親徳《ちかのり》（最終階級は海軍主計少佐）は、当時、大西中将の副官として中将と行動をともにしていた。

門司は大正六（一九一七）年、東京生まれ。東京帝国大学経済学部を卒業後、日本興業銀行に入行。昭和十六年四月、第六期短期現役主計科士官として海軍主計中尉に任官、同年十二月八日の真珠湾攻撃では空母「瑞鶴《ずいかく》」の乗組員として参戦、出撃する将兵を見送った。その後、ラバウルやトラック島などの前線を転戦し、第一航空艦隊司令部に配属後は副官として、寺岡謹平《てらおかきんぺい》中将や大西中将の身近で特攻作戦の推移を目の当たりにしてきた。私が初めて会って話を聞いた時、門司は八十六歳だったが、記憶は鮮明で、元軍人らしくはきはきと明快だった。

「真珠湾攻撃と特攻作戦が重なり、特に出撃する特攻隊員の姿は瞼《まぶた》に焼き付いて離れない」

と、時折、遠くの山並みに目をやっては、記憶をたどり直すようにして話してくれた。

門司の証言と彼が書いた『空と海の涯で』（毎日新聞社）などから、特攻前夜の大西中将と関大尉らの言動を振り返ることにする。

## 「決死隊を作りに行く」

米軍によるマニラ空襲が始まった昭和十九（一九四四）年十月十九日午後、大西中将はマニラから車で二時間余りのマバラカット基地に向かった。門司は車中での中将の様子をこう振り返った。

「マニラからクラーク基地までの二時間、大西長官はほとんど口をきかなかった。私も黙って窓の外の景色を眺めていた。長官は、ただ一言、『決死隊を作りに行くのだ』とだけ言った。私は、その時は、体当たり攻撃という意味だとは分からなかった。後から、決死隊という意味を体当たりの特別攻撃という意味で使ったのだと気づいた。長官はクラーク基地に着くまで、車中で、ずっとそのことを考えていたのに違いない。『決死隊を作りに行くのだ』と話した後は、何も言わず、また、沈黙が続いた」

マバラカット基地に着いた頃には夕闇が迫っていた。

大西中将の指示で、二〇一空の本部がある西洋館の二階ベランダに、椅子が半円型に並べられた。中佐から昇進したばかりの参謀の猪口力平《いのくちりきへい》大佐と副長の玉井浅一《たまいあさいち》中佐、戦闘三〇五飛行隊長の指宿正信《いぶすきまさのぶ》大尉、戦闘三一一飛行隊長の横山岳夫大尉が座ると、フィリピン産のビール瓶にヤシ油を入れたカンテラが床に置かれた。ビール瓶の口に詰めたぼろ布に橙《だいだい》色の灯《ともしび》がともり、椅子に座った五人の顔を照らしている。

「異様な雰囲気だった。私はそのまま引き上げたが、しばらくして、第二十六航戦司令部先任参謀の吉岡忠一《よしおかただかず》少佐も加わったようだ。会議は一時間ほどで終わった。私は一階の食堂で、長官の晩飯の打ち合わせや寝室の相談をしていたので、ベランダでどんな会議があったかは分からなかった。長官が『決死隊を作る』と言っていたので、それに関連した打ち合わせである事は想像できた」

門司は続けた。

「その夜、私は二階のホールにある仮製ベッドに寝たが、どこかで誰かが低い声で演説しているのが聞こえた。後で聞いた話では、玉井副長が予科練出身の搭乗員を集めて体当たり攻撃の話をして、志願者を募っていたようです」

門司が話したように、この時、玉井副長と指宿、横山大尉ら二〇一空幹部と士官、下士官、整備員らが全員集合し、玉井副長が一枚の紙片を読み上げていた。

二〇一航空戦闘機隊は、体当り攻撃を敢行、わが水上部隊のレイテ突入以前に敵機動部隊を比島東方海上において撃滅せんとす。本攻撃隊を神風《しんぷう》特別攻撃隊と呼称す（……）。
ただ今、伝えられた長官命令により、特別攻撃隊員を編成するのであるが、下士官兵搭乗員は用紙を渡すから、志願するものは等級氏名を書き、志願せぬものは白紙のまま、それぞれ封筒に入れて、私の手もとまで持ってこい。志願、不志願は、飛行長、司令以外には誰にもわからないようにするから、ゆっくり考えよ。みなも知っているとおり、飛行機の数はきわめて少い。従って志願者は多くを必要としない。健康上の理由や身辺の整理の必要、家族の状況により、いま直ちに今回の特攻隊員は志願できないとしても、それは少しも気にすることはない。念のために言うが、この攻撃は明日より直ちに実施する。

除外された士官を除く全員が志願したという。

門司がうとうととしていると、突然、大西中将と猪口参謀が階段を下りていく足音が聞こえた。飛び起きて長靴《ちょうか》を履き、一階の士官室兼食堂に向かうと、士官用の食卓を兼ねる長机が並べられ、長官と猪口参謀、玉井副長のほか士官が二、三人座っていた。

その一人が関大尉だった。

「私が部屋に入った時はすでに重要な話は済み、猪口参謀が一人の士官に向かって『関大尉はまだチョンガー（独身）だっけ』と聞くところでした。その士官は『いや』と一言答えると、それを聞いた猪口参謀は『そうか、チョンガーじゃなかったか』とだけ言った。その時、初めて関行男大尉に会ったのですが、彼は、髪の毛をぼさぼさのオールバックにしたやせ型の士官でした。この男が決死隊の指揮官に指名されたのかと思ったが、この時初めて彼が新婚五ヵ月だったと知った」

門司によると関大尉は、「ちょっと失礼します」と言うと、門司らに背を向けて机に向かい、薄暗いカンテラの下で、何かを書き始めた。全員、黙って、その姿を見ていた。

「あの時、関大尉が書いていたのは、奥さんへの遺言だったに違いない。士官室は、何か沈み切った落ち着きみたいなものがあり、沈黙だけが続いていました。私が士官室を出たのは午前二時頃になっていました」

関は両親と妻宛てに遺書を残しているが、妻にはこう書かれている。

何もしてやる事も出来ず散り行く事はお前に対して誠にすまぬと思って居る
何も云わずとも　武人の妻の覚悟は十分出来ている事と思う　御両親に孝養を専一と心掛け生活して行く様
色々思出をたどりながら出発前に記す
恵美ちゃん坊主も元気でやれ

行男

## 送り出す者の苦悩

翌二十日。朝食が終わると、玉井副長が「全員揃いました」と大西中将を呼びに来た。

宿舎の前庭に出ると、飛行服に飛行帽姿の二十数人の搭乗員が整列していた。右の最前列に、昨夜門司が会った関大尉が立っていた。前に置かれた木箱の上に大西中将が立つと、玉井副長の「敬礼」の掛け声に合わせ、全員が一斉に注目をして挙手の敬礼をした。

大西中将は敬礼を受けると、全員を見渡し重い口調で話し始めた。

大西中将の傍で一部始終を目撃していた門司は、

「長官の言葉には原稿はなく、正確な記録はないが、中味は無駄のない一言一句に意味のあるものでした」

と振り返る。

門司は記憶を頼りに中将の訓示を『空と海の涯で』で書き残している。

この体当たり攻撃隊を神風特別攻撃隊と命名し、四隊をそれぞれ敷島、大和《やまと》、朝日《あさひ》、山桜《やまざくら》と呼ぶ。今の戦況を救えるのは、大臣でも大将でも軍令部総長でもない。それは若い君たちのような純真で気力に満ちた人たちである。みんなは、もう命を捨てた神であるから、何の欲望もないであろう。ただ自分の体当たりの戦果を知ることができないのが心残りであるに違いない。自分は必ずその戦果を上聞に達する。国民に代わって頼む。しっかりやってくれ。

門司によると、大西中将は訓示の最中、身体が小刻みに震え、顔は青白くひきつっていたという。

門司は、

「搭乗員たちは長官の言葉に注目していたが、顔つきは子供っぽい者が多かった。思わず涙が出そうになったが我慢した。行きつくところまで行った感じで、長官には、自分だけが生き残って特攻隊員だけを死なせる気持ちがない事が、搭乗員にも敏感に伝わったようだ」

と言い、

「長官は訓示が終わると、台から降りて一人一人の手を握って回った。搭乗員ははにかんだような顔をして手を出していた。長官は時間をかけて握手をして回ったが、侍立ちしている私は見ているうちに、長官と特攻隊員が何か別世界の人間になったように感じた」

と振り返った。

私が話を聞く中で、門司は数回、こう繰り返した。

「大西長官はその後も、多くの特攻隊員を見送ったが、見送るたびに自分も一緒に死ぬんだという気持ちだったに違いない。最初、関大尉らを送った時からその気持ちは変わらなかったと思う。隊員一人一人と握手をする時も、じっと目を見つめていました。長官自身、特攻隊員と一緒に何回も何回も死んだのです。

ただ、長官は一度も、『俺もあとから行く』とか、『お前たちばかりを死なせない』というような言葉を口にしたことはありませんでした。若い人たちを扇動するような言動は極力控えていたのだと思います」

大西中将は、終戦翌日の八月十六日未明、東京・南平台《なんぺいだい》の官舎で割腹自殺したが、その際、介錯《かいしゃく》を拒否したという。このことについて、門司は、表情をこわばらせながらも一段と力を込めて語った。

「長官は特攻隊員との約束を守って自決したのだという事だけは理解できる。根が優しいから部下の後を追って自決したのです。優しくなければ自決なんかしません。責任感だけでは自決はできません。介錯を拒んだのは、散華していった特攻隊員たちの苦しみを思うと、簡単に死ぬ訳にはいかないと考えたのは極自然です」

訓示を終えた大西中将は、マニラに戻る途中、玉井副長と門司を連れ、基地を流れるバンバン川の河原で出撃を待機している敷島隊を訪ねている。関大尉らは偵察機が見つけた敵艦隊の位置などを確認するため、地図を囲んで車座になっていた。中将は猪口参謀と関大尉ら七人に交じって、河原に腰を下ろした。

「搭乗員たちは地図をのぞき込んでいました。彼らはみんな二十歳以下で傍で見ると子供っぽさを一層感じました。彼らは長官が話しかけると、はにかんだり、照れたりしていました。うぶで、気負いがなかった。この少年たちは、もうすぐ必ず死ぬのだ、どんな気持ちでいるのだろうか——そう考えざるを得なかったが、少年たちは、深刻さはなく、不思議と何ら夾雑物《きょうざつぶつ》も感じられなかった」

三十分ほどで大西中将と隊員との雑談は終わり、帰ろうと立ち上がった中将が、門司の持つ水筒に気づいた。

副官、水が入っているか。

門司が水筒を肩から外し、中将に水筒の蓋《ふた》を渡し水を注《つ》いだ。中将は飲み終えると、猪口参謀と玉井副長に水を注ぎ、水筒を玉井副長に渡した。副長は、並んでいる関大尉ら敷島隊の隊員に、一人ずつ蓋を持たせ、水を注いで飲ませた。

全員が水を飲む間、大西中将は一言も話さず、黙って見ていた。全員が飲み干すと、門司と共に車でマニラに向かった。

門司によると、長官はマニラまでの二時間、前日、マバラカット基地に向かった時と同様、一言もしゃべらなかったという。

関大尉らが特攻攻撃を敢行した昭和十九（一九四四）年十月二十五日、敷島隊の戦果を聞いた大西中将の言葉も、門司は鮮明に覚えていた。

チャートテーブルから離れたソファーに腰かけていた大西中将は、電報を取次ぐ兵から受け取った電信函の蓋を開けると、黒いロイド眼鏡をかけて何度か電文を読み返した。鉛筆でサインをすると、門司に渡した。

電文はセブ島に帰着した直掩機《ちよくえんき》の報告を基《もと》に打たれたもので、

神風特別攻撃隊敷島隊一〇四五スルアン島の北東三十浬《り》にて空母四を基幹とする敵機動部隊に対し奇襲に成功、空母一に二機命中撃沈確実、空母一に一機命中大火災、巡洋艦一に一機命中撃沈

とあった。

「読んでいるうちに胸が詰まっていいようのない感動が体中を走った。そのとき、長官が低い声で何かをしゃべったのですが、聞き取りにくく、『甲斐《かい》があった』という言葉だけ聞こえた。メガネの奥の長官の目はうるんでいました。関大尉ら体当たりを決心した者が、うまくいかなければ犬死させることになる。体当たりが成功したということは、全員死んだこと

を意味しますが……。しばらくして、長官が独り言のように『これで何とかなる』という意味の事を言った。もちろん、長官にその意味を問う事はできなかったが、後で、これで、行き詰まった日本の窮地に一脈の活路が開かれるかもしれない、と感じたのではないかと思った」

## 平和のための決断

門司の話をもう少し続けたい。

話を聞く中で、思わず「『特攻攻撃をやめよう』と進言する人はいなかったのですか」という質問をした。一笑に付されるか、気分を害されるかと思ったが、門司は一瞬目をそらしたものの、言葉を選びながら答えてくれた。

「(敷島隊らが出撃した)最初の特攻の目的は、レイテ湾海戦で、栗田《くりた》艦隊を掩護する事でした。ところが、敷島隊が戦果をあげたため、限定的な作戦から変更されたのです。特攻攻撃を続ける事で勝てるとは思わなかったが、負けないという確信を持ったからです。中枢部としては、戦争をどう処理するかが重要な案件になっていったのです。本土決戦になればアメリカは大きな被害を受けるということをアピールする必要があった。だから、訓示などはすべてアメリカを意識したものでした。結論から言うと、特攻攻撃が戦争の終結に結びついたと思います」

門司は特攻攻撃の意味をこう説明したうえで、続けた。

「参謀の中には（特攻作戦を中止しようと）進言した者もいたかもしれませんが、私のような立場では言えませんでした。ただ、フィリピンから台湾に異動した後、散歩している最中、長官から『お前は（特攻攻撃を）どう思う』と聞かれたことがあるような気がします。その時、長官は『棺を蔽《おお》うて定まる、とか、百年の後に知己を得る、と言うが、己がやったことは、棺を蔽うても定まらず、百年の後にも知己を得ないかも知れんな』と言ったのです。職業軍人でない私に、ちょっとだけ心境を漏らされたのでしょうけど、私だけが聞いた大事な言葉だと受け止めています。長官が言いたかったことは、人に理解してもらおうとすると、指揮官の決断は生ぬるくなるでしょうが、かといって、強引にどんな命令を下しても構わないというものではない。長官は自分のやったことを、これでよいのかと、自問自答しながら、人に分かってもらえなくても仕方がないと、自分に言い聞かせていたのだと思います」

大西中将は謝罪と遺言を記した意味深い遺書を残している。

特攻隊の英霊に曰《もう》す
善く戦いたり深謝す
最後の勝利を信じつつ

肉弾として散華せり
然《しか》れ共《ども》其《そ》の信念は
遂に達成し得ざるに至れり
吾死を以て旧部下の
英霊と其の遺族に謝せんとす
次に一般青壮年に告ぐ
我が死にして軽挙は
利敵行為なるを思い
聖旨に副《そ》い奉り
自重忍苦するの誡《いましめ》とも
ならば幸なり
隠忍するとも日本人たるの
衿持を失う勿《なか》れ
諸子は国の宝なり
平時に処し猶《な》お克《よ》く
特攻精神を堅持し
日本民族の福祉と

世界人類の和平の為
最善を尽せよ

門司は大西中将の遺書の写しを見せながらこう話した。

「長官の遺書の後半を読み返してみると、徹底抗戦の主張が一転して、軽挙は慎めと言い、特攻隊に送り出した同じ若い人たちに『諸子は国の宝なり』と呼びかけ、後事を託している。平時において特攻隊のような自己犠牲の精神を持ち続け、世界平和のため最善を尽くすようにと願っているのです。国の宝であった若い人たちを特攻攻撃に送り出した痛恨の思いの中で、長官は、死を目前にして、最も平和を望んでいたのかもしれません」

大西中将は次の辞世を残している。

之《これ》でよし
百万年の仮寝《かりね》かな

「『之でよし』とは一体何を指すのか。その意味を理解するのが私の役目です」

門司の話はこの一言で終わった。

## 関大尉の胸中

門司の証言からは、特攻命令の経緯や大西中将の思い、関大尉の言動を知ることができた。ここからは、敷島隊の指揮官として出撃した関大尉の真意に迫りたいと思う。

関大尉に関しては多くの書籍が刊行されているが、証言が食い違っており、事実を知ることは難しい。

例えば、玉井副長は戦後、関大尉の墓の慰霊祭で、「(関大尉は)『一晩考えさせてくれ』といった後、薄暗い部屋のカンテラの下でじっと考え込み、翌朝になって『引き受けます』と答えた」と話したとされているが、『敷島隊の五人 下』(森史朗《もりしろう》著、文春文庫)は、この証言は間違っていると指摘する。

同書によると、玉井副長が特攻作戦の内容を説明した上で、大尉の肩を抱くようにして、「この攻撃隊の指揮官として貴様に白羽の矢を立てたんだが、どうか」と語りかけると、関大尉は、「一晩、考えさせて下さい」と逡巡《しゅんじゅん》した。副長が「時間の猶予はない。どうだろう、君が征《い》ってくれるか」と重ねて問うと、玉井副長の顔を見つめ、無造作に、「承知しました」とたった一言漏らしたとある。

門司の証言や当時の経緯をみると、大西中将がマバラカットまで足を運んだ十月十九日夜、関大尉が敷島隊の隊長を引き受けたことは事実だと推測できるが、直接、大尉に打診した玉井副長は昭和三十九（一九六四）年に亡くなっており、関大尉と玉井副長の間でどういう会話が交わされたのかは謎のままだ。私は門司にも問いかけたが、「聞いていない」との事だった。

情報が錯綜する中で、海軍報道班員で同盟通信社社会部記者だった小野田政が、回想録『太平洋戦争ドキュメンタリー第二十三巻　神風特攻隊出撃の日　他四篇』（今日の話題社）に収録された手記で興味深い報告をしている。同盟通信社は、昭和十一年一月に発足した通信社で、新聞社に記事や写真を配信するほかニュース映画を製作するなどしていた。昭和二十年十月三十一日解散し、通信社としての業務は共同通信社と時事通信社に引き継がれた。小野田は昭和十四年七月のノモンハン戦に初従軍して以来、支那事変や大東亜戦争で報道班員や特派員として陸・海軍に従軍、戦争の現場を目の当たりにしていた。

小野田は、同書の中で、二〇一空には、関大尉以外、生え抜きの海軍兵学校出身者が数人いたが、それでも関大尉に白羽の矢が立った背景を、次のように推測している。

大尉は元来、艦爆乗りで、台湾から二〇一空に転属して日が浅かったこと、零戦による急降下爆撃の訓練に慣れていなかったこと、寡黙で隊内でも馴染《なじ》みが薄かったこと、転属以来アミーバ赤痢にかかりほとんど絶食状態で、戦闘訓練を休んで、終日寝込んでいる場面が多かったこと。それらが大尉の〝孤独の人〟という印象を一層強くしたのではないか、というのである。小野田は、この推測とともに、本来であれば出撃しても不思議ではなかった人物が、特攻隊編成を免れ続けたとみられるケースも報告、問題視している。

「寡黙」な関大尉は、小野田にだけは心を開いていた。

小野田の説明によると、大尉は、玉井副長から、「実は特攻隊の第一次の編成だがね、一番最初の事でもあり、指揮官の人選がむずかしくて、長官ともいろいろ相談したんだが……」と暗に敷島隊の隊長を要請されたと話し、この時は「まさか自分が指名されるとは思ってもみなかった」と胸中を吐露している。さらに、副長から「どうだろう、君が征ってくれるか」と切り込まれたときは「はっ」として、一瞬、副長の顔に見入ったとも話している。

小野田は関大尉のこの時の心情には立ち入らず、

(関大尉は)すぐに
「承知しました」
と、無造作にたったひと言もらしただけだった。

と描き、関大尉が隊長を引き受けたことを受け玉井副長は、「頼む、最初はやはり海兵出身が指揮をとるべきだと思う。貴様が一ばん最初に行ってくれると大助かりだ。全軍の士気の問題だ」と話したと記している。

小野田は、関大尉が玉井副長から、「敷島隊」の隊長として出撃命令を受けた後、大尉を外に連れ出し、マバラカット基地のかたわらを流れるバンバン川の河畔の砂利石の上に腰を下ろし、心境を聞いたといい、その時の会話を同書に記している。それによると、大尉はこう語ったという。

報道班員、日本もおしまいだよ。ぼくのような優秀なパイロットを殺すなんて。ぼくなら体当たりせずとも敵母艦の飛行甲板に五〇番（五〇〇キロ爆弾）を命中させる自信がある。

さらに死については、

ぼくは天皇陛下のためとか、日本帝国のためとかで行くんじゃない。最愛のＫＡ（……）のために行くんだ。命令とあらば止むをえない。日本が敗けたら、ＫＡがアメ公に強姦されるかもしれない。ぼくは彼女を護《まも》るために死ぬんだ。最愛の者のために死ぬ。どうだすばらしいだろう！

ＫＡとは海軍用語で妻を指す。大尉は当時、新婚五ヵ月。小野田は、

冗談のようにして、こう言いきった

と記しているが、その言葉からは、口惜しさと苦渋に満ちた決断だったことが伝わってくる。

小野田は、特攻出撃が決まった時から、それまで寡黙だった関大尉が急に能弁になったとも記している。

大尉は、十月二十二日、出撃したものの米艦隊を発見できず帰投しているが、二十五日に出撃、散華するまで小野田と近しくしていた。

小野田はそんな大尉の姿を、

ただ一人の地方人（軍人以外の民間人）である私に、いろいろと胸中をさらけだそうとする姿が、はっきりと、感得された。（……）急速に私に近づき、親しさを見せはじめた。軍人同志では言えない人間関行男の悩みを訴えたかったのであろう。思いは常にはるかなる祖国で彼の無事のみを祈りつづける若妻のもとに馳《は》せていたようだった。

と綴《つづ》っている。

小野田は、大尉と新妻とのエピソードも披露している。恋愛時代に妻と神奈川県・逗子《ずし》の海岸を散歩したという話を聞いた小野田が、「それじゃ関大尉は、まるで〝不如帰《ほととぎす》〟の武夫《たけお》と浪子《なみこ》さんそっくりじゃありませんか」と冷やかすと、「まさにドンピシャリ」と真顔で答え、新妻の写真を取り出し、「ＫＩ」（接吻《せっぷん》）したという。氏が新妻の姿に「ナイスですな」と言うと、大尉は、次のように返したという。

ぼくは二十五年の短かい生涯だったが、とにかく幸福だった。しかし、列機の若い搭乗員たちはＳプレイ（海軍用語で芸者あそびの意）もしなければ、ポスル（交接の意）ことも知らないで死んでゆく。インチ（恋人）もいるだろうに……

関大尉は、三回目の出撃直前の十月二十四日、小野田に遺影の撮影を頼んでいる。

報道班員、ぼくの進発する遺影を撮って下さい。そして家内に届けてやって下さい

小野田は出撃直前の関大尉の写真と松葉杖《まつばづえ》をついて玉井副長に支えられながら見送る山本栄司令らの写真を撮影。この写真は昭和十九年十一月二日の朝日新聞の朝刊一面に「神鷲敷島隊　今ぞ進発」の見出しとともに掲載された。

小野田の一連の証言は、関大尉の心の動きを的確に伝えてくれている。職業軍人とはいえ、

簡単に心の整理ができたわけではないのだ。

小野田は当時、こうした関大尉の真意を「人間関大尉」として原稿にして発信しようとしたが、ある大尉が、

貴様は、なんのために二〇一空の飯を食っているんだ。関は女房に未練を残すような男じゃない。特攻隊員は神様なんだ。その神様を人間扱いにヒボウするとはけしからん。報道班員、それがわからんとは貴様は非国民だぞ！　銃殺にしてやる

と激怒し、発信を許可されなかったと記している。

## 真っ先に逃げた者たち

小野田の著書から分かる事はほかにもある。小野田は歴史の目撃者の一人として、関大尉ら特攻隊が編成される過程に疑問を投げかけているのだ。

小野田は、関大尉が所属した二〇一空の場合、

海軍兵学校出身の職業軍人で、誰ひとりみずからすすんで、一番機の隊長を買って出ようとはしなかった。（……）

学徒出身の（……）予備士官は、ほとんど全員口頭をもって志願したし、一兵から身をおこし、少尉、中尉に昇進した「スペさん」と称さそ《(ママ)》ている特別士官も総員口頭による志願の意志表示をした。

と指摘。小野田は海軍兵学校出身の職業軍人と学徒出身の予備学生、特別士官を「三種の型」と呼び、その上で、「私は、この事実を特に強調したい」とし、次のように記している。

同じ士官同志でも、この三種の型は、どこまでも三つ巴となって、終戦まで対立が尾を引いていた。

海兵出身の士官たちは、はっきりしたギルドの上にあぐらをかき、決して他の二種と融《と》けあおうとしない。暗黙の上に諒解し合っているのである。海兵出身だけが、帝国連合艦隊のバックボーンであるとする強い意識は、従って他の士官、下士官を兵隊あつかいにしないのだ。（……）「連合艦隊の最期」は、あながち軍艦や飛行機の性能や数量がアメリカに劣っていたのではなかった。日本人の島国根生《(ママ)》、利己主義、閥意識、事大主義、名与《(ママ)》心等の最も悪いところを身につけていたのが、小数《(ママ)》の例外があるとしても、海兵出身の職業軍人であったと言えば言い過ぎになるのであろうか。したがって日本を敗戦に陥れたのは、九千万のなかの、ホンのひと握りのこれら職業軍人であると断じて、たいした過りではないと思う。言いにくいことだが、私は敢《あえ》て言わしてもらう。

小野田は、大西中将が特攻隊の一番機を誰にするかで頭を悩ました際、「海軍兵学校出身者が出ない事には、士気に影響する」と話していたことをあげ、

「いざ死ぬ」となると、まっ先に逃げるのが、(……)師団長閣下であり、司令官少将であると同様に「さあ死ね」といわれてみると、まっ先に尻ごみするのも、税金で養われ、サーベルをひけらかして最も威張りちらした海兵出身の職業軍人であった事実を、日本国民は永久に忘れてはならないと思う。

と訴えている。

後述する「人間魚雷回天《かいてん》」の考案者で海軍機関学校出身の黒木《くろき》博司《ひろし》大尉(当時二十二歳、没後少佐)も小野田と同じ目線で状況を分析し、軍上層部への不信感をつのらせ、我が国と家族を護るためには自らが命を懸けて立ち上がるほかないという道を選択している。戦後八十年が経った今、両大尉が命を捧《ささ》げた日本の政治と社会の現実は、二人の眼にどのようにうつるだろうか。

# 二　学徒出陣の特攻隊員

## 激しい訓練を重ねて

特攻隊員の経歴は様々だ。筆者は海軍兵学校や陸軍士官学校出身者、予科練出身者、予備学生らの話を聞いてきたが、特攻作戦についての捉え方、特攻に臨む姿勢や思いも三者三様といえる。

平成二十六（二〇一四）年十月に初めて話を聞いた江名《えな》武彦《たけひこ》（当時九十歳）は学徒出陣した特攻隊員の一人だ。学徒出陣で動員された学生の数は十万人を超えるともいわれる。

江名は大正十二（一九二三）年、東京生まれで、学徒動員された当時は、早稲田大学政治経済学部一年の二十歳。将来の夢は新聞記者だった。召集された時の気持ちをこう話した。

「戦況は昭和十七（一九四二）年のミッドウェー海戦以降、連戦連敗。それまで進出した南太平洋の島が次々とアメリカに奪還され、日本本土に攻め上がってくるという状況で、戦局の厳しさは感じていました。

学徒出陣の正式な公報が出たのは昭和十八年十月三日で、十月下旬に本籍地で徴兵検査がありました。私は、本籍のある岐阜県の飛驒《ひだ》高山《たかやま》で検査を受けていたので、十月二十一日に明治《めいじ》神宮外苑《じんぐうがいえん》競技場で行われた出陣学徒の壮行会には、参加できませんでした。検査の時に希望を聞かれ、海軍を志願しました。当時、若者が軍隊に入るのは当然の義務だと受け止めていたのと、戦争には負けるのではないかと感じていたから、軍務に全力投球して祖国のために頑張ろうという気持ちだった。というか、何としても家族を護りたいという気持ちがすべてでした」

　この年の十二月十日、江名は第十四期飛行科予備学生として広島県呉《くれ》市の呉鎮守府《ちんじゅふ》の大竹《おおたけ》海兵団へ入団。二ヵ月間、二等兵水兵として、水兵教育を受けた。

「昭和十八年頃になると、開戦以来のパイロットはほとんど戦死して、パイロットの養成が急がれていました。目の悪い者以外はほとんどが飛行科に選ばれました。同期の飛行予備学生は三千人でした」

　翌十九年一月三十一日に海兵団を卒業し、二月一日に、飛行科予備学生第十四期として、予科練の名で知られる土浦海軍航空隊（現・茨城県阿見町）に入隊。その後、大井《おおい》海軍航空隊（現・静岡県牧之原《まきのはら》市）を経て、昭和二十年三月十七日、特攻要員として百里原《ひやくりがはら》海軍航空隊（現・茨城県小美玉《おみたま》市）に転属。四月十日、神風特別攻撃隊「正気《せいき》隊」として特攻隊員に指名され、串良《くしら》基地（鹿児島県串良町）から二回、沖縄に向け特攻出撃することになる。

「土浦では三ヵ月間、殺されるかと思うほど激しい訓練を受けた。素っ裸でランニング、棒倒し、土浦の駅舎までの往復……とにかくしごかれまくった。それと士官としての躾《しつけ》もみっちり叩《たた》き込まれた。当然、飛行科としてのベーシックな勉強、通信や飛行機に関する様々な座学も教え込まれました」

土浦海軍航空隊を卒業する際、偵察士に振り分けられ、大井海軍航空隊に配属された。

「操縦技術に適するか、通信や偵察に適するかは、卒業段階で振り分けられました。私はパイロットに憧《あこが》れていましたから、操縦を希望していましたが、偵察に回されました。偵察員はナビゲーターとしての航法、爆撃・射撃、通信が必須でした」

大井海軍航空隊では、翌二十年三月まで、練習機の「白菊《しらぎく》」に乗り、羅針盤を見ながらの航法や通信、電信、爆弾投下など操縦士以外の実践を訓練した。

「二十年の三月ぐらいになると、フィリピンを失い、この次は台湾か沖縄、いずれは本土決戦という状況でした。マリアナ海戦では日本側は壊滅的な打撃を受けてしまいました。日本側は航空母艦三隻を沈められました。アメリカは当時、『マリアナ海戦の七面鳥狩り』と言ったそうです。七面鳥は鈍重な鳥ですから、下手な鉄砲でも当たるという状態だったそうです。それほど日本軍機は撃ち落とされてしまったわけです。大井航空隊では老朽機ばかりで稼働可能な実用機は少なくなっていました」

続いて配属になった百里原海軍航空隊では、予科練出身の操縦員、梅本満二飛曹（当時二十歳）と電信員、前田長明二飛曹（当時十八歳）とチームを組み、九七式艦上攻撃機で八百キロ爆弾を抱えて突入する訓練を重ねた。

「百里原空は艦攻隊と艦爆隊の二部隊があり、艦爆は二人乗り、艦攻は三人乗りでした。私は艦攻に回されたわけです。九七艦攻は老朽機といっても実践機だからスピードが速く、慣れるのに苦労しました。しかも、一人前の搭乗員になるには三百時間程度の訓練を受けないと不十分だと言われていたのに、我々が実践部隊の百里原空に行く二十年三月までは百時間も乗っていないのです。未熟な新米パイロットでした」

## 苦悩と誇り

百里原航空隊では、海上に出ると、自分でコースを決めて、そのコース内を飛んで航法を磨いた。江名のチームは、大洗《おおあらい》を起点にして、三角形に太平洋に出て帰る訓練を繰り返した。八百キロもの爆弾を抱えての訓練を重ねる目的が分かったのは、訓練を始めて一ヵ月後の昭和二十（一九四五）年四月十日のことだ。鹿島灘《かしまなだ》で小一時間の特攻訓練を終え、飛行場に戻ると、江名は戦友に「おめでとう」と肩を叩かれた。

「瞬間、特攻編成になったと思い、血の気が引く思いがしました。顔面が蒼白《そうはく》になったと思います」

指揮所の黒板に書かれた第三次特攻隊の編成表に自分の名前を見つけた。一緒に訓練をしている二人の名前もあった。

「いずれは総員特攻だと覚悟はしていましたが、実際に指名されると、全身の血が逆流したような気がした」

部隊は、幕末期の水戸藩士、藤田東湖《ふじたとうこ》が尊皇攘夷派の士気を鼓舞するために作った五言古詩「和文天祥正気歌」から「正気隊」と名付けられた。すでに一陣として「常盤忠華隊」が、二陣として「皇花隊」が編成され、艦上攻撃機の前線特攻基地の串良基地に向かっていた。

顔面蒼白になるほどの気持ちをどう切り替えたのかを尋ねると、

「仲間です。同期と互いに励まし合い、士気を高めるように努力しました。選ばれた者は選ばれた事への誇りがあります。同時に選ばれたくない気持ちもあります。でも選ばれたのだと自分を納得させると、苦悩は選ばれたという誇りで克服できました。

チームを組む予科練出身の操縦士と電信員とはいつも一緒で一蓮托生《いちれんたくしょう》だったから、人間関係を深めることで恐怖心に打ち勝とうとしました。互いに意思疎通ができないと特攻攻撃はできません」

と言い、こう続けた。

「予科練出身者は中学三、四年生で海軍に入って来ます。あるいは昔の高等小学校から入ってきています。だから、酷《ひど》いしごきに耐えて軍人精神が入っていました。私たちは、こんな若いみそらで可愛そうだとも思っていましたが、逆に私が気を緩めていると、『分隊士、頑張りましょう』と背中を押されるくらいでした。血気盛んで、勇ましいんです。生に対する執着心が全くなかったとは言えませんが、潔いのです。我々のように娑婆《しゃば》をある程度知っている人間は未練がたくさんありました。でも、彼らは、すっきりと、特攻隊員としての立ち振る舞いができていました。特攻隊になったことを、当然与えられた任務だと受け入れていたのでしょう。我々よりも潔く、うらやましかった。でも彼らは青春を味わっていないのです。青春を味わわない人間は、潔さが違うと思いました」

指名されてから十日後の四月二十日、串良基地に移動する。

「六機で編隊を組んで百里原を離陸しました。串良へ向かう途中、東京の上空を通ったら、焼け野原が見えました。横浜《よこはま》も名古屋《なごや》も大阪も神戸《こうべ》もみんな、上空から見ると、焼け野原でした。いよいよ日本も追い詰められたなあという思いにかられました。

伊豆《いず》半島を越え雲上を飛んでいると、右手に富士山《ふじさん》が見えました。富士山は大井海軍航空隊の時、訓練で毎日眺めていましたが、その富士山を見て、改めて厳かな気持ちで国のために殉ずる覚悟をしました。特攻隊で亡くなった戦友が『伊豆の群山《むらやま》越え往けば　神かも山かも富士が迫れり』と詠んでいるのですが、その気持ちが分かりました。富士山は、この国を護るには自分が犠牲になることもやむを得ないという気持ちにさせました。

私はこの日まで二時間以上飛んだことはありませんでした。ほとんどの人がそうでした。それが編隊を組んで丸一日飛んだわけですから、疲労困憊《こんぱい》しました」

## 自分の死に様が夢に

串良基地に着くと、江名は声を失った。

「串良基地は毎日の空襲で穴だらけでした。いよいよ戦場にきたと実感しました」

先発隊の「常盤忠華隊」と「皇花隊」はすでに出撃、隊員は全員戦死していた。

串良基地に着いてから江名は、眠れなくなった。

「特攻出撃の夢を見るのです。自分が飛び立って敵艦を目指そうとすると、敵の邀撃《ようげき》機が向かって来る。自分の死に様が夢に出てくるのです。度胸がないからかもしれませんが、夜中、うなされっ放しだったんでしょうね」

一回目の出撃は四月二十八日午前五時になる。

「出撃日時は前日の四月二十七日に決まりました。余り前だと精神衛生上よくないということで、前日、指示されます。間際になって『明日だ』と言われると踏ん切りがつきます。出撃前夜、遺品を整理したり、遺書を書いて、自分自身を納得させた。地獄に落ちるような気持ちは一回で完結したかった」

ところが、出撃はしたものの、開聞岳《かいもんだけ》付近でエンジンから油が漏れ始めた。操縦席が油で真っ黒になり飛行不能な状態だと分かった。急遽《きゅうきょ》、知覧飛行場に緊急着陸した。

「知覧に降りる時は、八百キロ爆弾を抱えているから機体を傷つけてはいけないと、そればかり考えていました。八百キロの爆弾は高度八百メートル以下で海に落とすと爆風で飛行機自体が壊滅してしまう。だから、何とか高度を八百メートルに保って、知覧に着陸する事だけを考えました。ただ、着陸した後は、『人の飛行場に八百キロ爆弾を積んだまま不時着するとは、飛行機を爆破するつもりか』と怒鳴られました」

江名は、私との対話の中で、初めて笑みを見せて言った。

この日は六機出撃し、三機が故障、二機が突入、江名機だけが帰投した。

機上作業練習機の「白菊」で知覧飛行場から串良基地に戻ると、二週間後の五月十一日午前五時、梅本、前田両二飛曹と、ほかの隊と混成部隊を組んで二回目の出撃を命じられた。

「二回目も前日指示されました。再出撃は長引けば長引くほどつらいです。心の苦悩が深まります。地獄に落ちるような気持ちが二回も続くとは想像もしていませんでした。私の場合は二回目の方が苦しかったです。一回目のときと同じように、出撃前夜、遺品を整理したり遺書を書き直したりして、再び、自分自身に言い聞かせたのですが……もう一度、気持ちの整理をしなきゃいけませんので、前の晩はほとんど寝られませんでした」

そして二回目の出撃の日を迎えた。

「出撃の日の朝、愛機に向かう途中、電信員が『分隊士、笑って死にましょうね』と言うのです。潔いのです。何と答えたかは覚えていませんが、憎いことを言うなと思いました」

## 島民に助けられる

そして二回目の出撃となる。江名によると、離陸後、開聞岳を過ぎたあたりから、電信員が連合軍機のレーダーを乱すため、窓を開けて銀紙を撒《ま》いた。

レーダーで捉えられると迎撃機が襲って来るため、電波妨害をするためだ。

海上を飛ぶため、コースを設定しておかないとどこへ行ってしまうか分からない。偵察員の江名は、決められたコースを正しく飛べるように、コンパスを見ながら指示を出した。この日は天気が悪く、高度千メートルで雲が広がっていた。

出撃して小一時間。梅本二飛曹が突然、「エンジン不調。どうするか」と叫んだ。江名は「もうしばらく飛ぼう」と答えたが、たちまち高度が下がっていった。

抱えていた八百キロ爆弾を投下しようにも、エンジンが不調で、安全に投下するために必要な八百メートルの高度が取れない。やむなく、高度七百メートルで投下するが、幸い、爆風で機体が持ち上がっただけで済んだ。その後、江名機は串良基地に帰投するため開聞岳を目指したが、近くの黒島《くろしま》上空で力尽き、海上に不時着した。

この日の出撃では、江名機が黒島に、二機が種子島に不時着し、一機が突入した。

「操縦士の梅本二飛曹は飛行時間は少なかったですが、操縦は上手でした。海は時化《しけ》ていましたが、上手く尻から着水できました」

出撃前、「笑って死にましょうね」と話していた電信員の前田二飛曹は、不時着した際、電信機に鼻をぶつけたのか、顔面が血だらけになっていた。機体が海に浮いている時間は一分足らず。三人で翼の上に立って「イチ・ニ・サン」の掛け声で海に飛び込んだ。

海に飛び込むと、前田二飛曹が七百メートルほど離れた海岸で釣りをしていた島民に向かって「助けてくれ」と何度も叫んだ。

「助かった後、『助けてくれなんて言っていません』と繰り返していましたが、必死の叫びでした。我々に気づいた島民が『頑張れ、頑張れ』と励ましてくれて、何とか岩場までたどり着けました」

黒島では、毎朝十時頃になると、九州方面を爆撃に行く米軍機の大編隊が上空を飛び交った。その際、行きがけの駄賃で黒島に向け機銃掃射していく戦闘機もあり、黒島も実情は戦場だった。周辺の海域はアメリカの潜水艦の航行路になっていた。日本軍の特攻機も、陸軍、海軍ともに、黒島上空経由で沖縄に向かっていた。

梅本、前田両二飛曹は敵機が来たときは、避難しながら、姿を隠して村の防衛に当たり、空襲がない時は島民の農作業を手伝った。食料がないため、芋を植えたり、山でカズラの根を採って、天ぷらにしたりした。危険な日中を避けて、夜、海に行き魚を釣っては食料にした。

五月十一日から八十一日間をこうして黒島で過ごした後、七月三十日にたまたま黒島に立ち寄った陸軍の輸送潜航艇に乗り、江名は梅本、前田両二飛曹と長崎県・島原《しまばら》半島の口之津《くちのつ》に入港する。その後、大分の第五航空艦隊司令部に移動すると、指令の指示で原隊の百里原航空隊に戻ることになった。

茨城へは三人で汽車で向かった。八月七日の朝、乗っていた汽車が広島駅の手前の五日市《いつかいち》駅で止まり、原爆が投下された直後の広島を見る。

「そこから歩いて行けと言うので、線路づたいに広島の町を歩いて横切ったのですが、交通機関は壊滅で、広島の町には何もなかった。ナッシングなんです。半死半生の人が町中をウロウロと放浪しているなかを、三人で歩いた。七日の早朝から午後三時頃まで次の駅まで歩きました。一発の爆弾でナッシングになったというのです。初めて地獄を見ました。私は被爆手帳を持っています」

江名は「ナッシング」と何度も繰り返し、

「広島の焼け野原を見て、戦争は二度としてはいけないと身に染みて感じました」

と語気を強めて言うと、しばし沈黙した。

八月十三日に百里原航空隊に戻ると休暇を与えられ、都内の実家に帰った。二日後、父親と玉音放送を聞く。終戦の翌年四月、早稲田大学に復学、復員した学徒動員組と三年間の学生生活を送り、食品会社に就職した。

## 自分の死と最後まで向き合う

江名は平成三十一（二〇一九）年、九十六歳で亡くなったが、令和三（二〇二一）年五月、「遺骨は黒島に撒いてほしい」という遺言に従って、戦後も交流が続いていた島民らの手で、黒島の海に散骨された。

江名は生前、私と話すうち、

「私の周りには口に出す人は少ないが、戦友が亡くなって、自分だけが助かったという後ろめたさはずっとあった。戦後はつらい思いの連続だった」

と顔を曇らせる場面があった。また、特攻出撃については、

「ずっと負け戦だった。親と故郷を救うために与えられた任務に全力投球して、自分たちが自己犠牲をすることで、何か再生の道が開けるのではないかという、人柱になる気持ちだった。当時の青年は、軍隊に入ることは当然と受け止めていたが、よくぞ、生きたいという思いを打ち消して、自己犠牲に甘んじたと思う。悲壮な潔さを感じます」

と話した。

特攻隊については、「洗脳」といった特攻隊員を誹謗《ひぼう》するような発言を耳にすることがある。江名にその点を尋ねると、

「捉え方の違いがあるから、私は洗脳教育が全くなかったとは言わない。でも、日本の長い

歴史の中で培われた郷土愛が、国を憂う気持ちになり、戦争という極限の環境の中で、殉国という気持ちになった。その若者の精神だけは理解して欲しい」

　と言い、次のように続けた。

「私もそうだったが、特攻隊員はみな、覚悟はできていたが、苦しみがなかったわけではない。特攻命令が出ると、死が決定付けられ、現実のものとなるわけです。自分は使命感で祖国のために殉じるという覚悟はできているのですが、生への執着があるから、その覚悟が揺れるわけです。覚悟があったからといって苦しみがなかったわけではありません。自分の死は、自分で納得しないといけないのです。最後の瞬間まで一人でもがき苦しみ、自分自身で解決して死を受け入れ出撃するわけです」

　江名に「特攻隊員の写真は笑顔が多いが……」と、私の長年の疑問について聞いてみた。序章で述べたように、私は、出撃前にもかかわらず笑顔で写真に写っている特攻隊員の心のうちに近づきたいと取材を続けていた。特攻攻撃に向かった彼らの行動を、「自己犠牲」という四文字で安易に括《くく》り、理解した気になってはいけないと思っていた。江名は、

「潔く使命を果たすという満足感があるが、心の中は生への執着を絶ち切る筆舌に尽くしがたい苦しみで、鬼の形相だったと思う」

　と語ると目を伏せた。

## 大学ノート八冊に綴った思い

特攻隊員となった一人の予備学生が、葛藤《かっとう》する思いを綴った日誌がある。書いたのは江名と同じ海軍飛行十四期予備学生で、東京農業大学から学徒出陣して特攻隊員となった富山県桜井町（現・黒部《くろべ》市）出身の森丘哲四郎《もりおかてつしろう》少尉（当時二十三歳、没後大尉）だ。少尉は出撃直前までの二年半の生活や思いを大学ノート八冊に書き残していた。ここには、戦友や家族への遺言とも取れる思いも記されている。

森丘少尉は昭和二十（一九四五）年四月六日、朝鮮半島の元山《ウオンサン》基地から鹿児島県・鹿屋《かのや》基地を経由して沖縄に向け出撃したが、機体故障のため奄美大島《あまみおおしま》に不時着。二十九日に再度、鹿屋基地から出撃し南西《なんせい》諸島海域で特攻を敢行、散華した。神風特別攻撃隊第五七生《しちしょう》隊員だった。

昭和二十年四月三日で終わる日誌には、瞬間、瞬間、瞬間の生の感情が赤裸々に綴られている。この日誌から、少尉の心の動きを見ていきたい。

海軍に入団直後の昭和十八年十二月二十一日には、舞鶴《まいづる》海兵団で座談会を行ったとある。教班長から、「一番立派な人間とはどんなものか、人間の価値はどんなものか」と問われると、「だまって物の出来る人」と答え、「武士道とは」と聞かれると、「櫻《さくら》の花の散か《（ママ）》如く腹を切る事の出来る人」と答えたことが書き留められ、続けて「無か　死か　生か」「死生命在」と添えられている。

翌十九年一月七日には武士道についての講演を聞き、

武を修め文を練る人こそ皇国の民なりと
哲学的そして歴史的現実を表現せり
防人《さきもり》の精神　源《みなもと》の頼朝《よりとも》の武士道
有益なりし

と感想を書いている。

土浦海軍航空隊に転属になった直後の同年二月十四日、教育主任から、「諸子の命は8月迄《まで》だ　8月には総員戦死唯《ただ》残るは上御一人《かみごいちにん》をあれませば可」という訓示を受け、こう綴っている。

何たる無上　栄光よ　私は陛下の為に死す事の出来る軍人として教育を受けて居るのだ一日を大切して身の修養を忘れず最大栄光の下に死なむ（……）父上は私が軍人と死に

得る事を何よりの喜とせられることを自分は信ずる　頑張るぞ死出の道への修養だ　生に集着《（ママ）》するや何あらむ　思い残す事は何もない　忠をせば孝をす　不忠をなせば学生時代の不考《（ママ）》に今一つ不考《（ママ）》が加わるのだ。

その数日後の二月二十一日には、

戦いは負戦だ　然し再び進攻の日も近し　国民よ悲感するな　十四期予備学生を忘るな　彼等は今何をしていると思うか　土浦に横須賀《よこすか》に亦鹿児島にと　１０００の士官候補生があることを忘るな（……）一人海軍のみならず陸軍にも相当数の学徒精英《（ママ）》部隊があるのだ

と、芳しくない戦況の中、学徒兵としての誇りを強調、国民のために戦う覚悟がある事をこの時点では迷いなく記している。
さらにその二日後、グアムが米軍に攻撃されたことを知った同月二十三日には、

東京爆撃は必至となる　次は小笠原《おがさわら》　次はどこと敵は進攻して来る　吾《わ》れら今にして立たざれば国危し　国敗れて何が残るか　奮闘せよ

と、自らを鼓舞し、同月二十八日には、

武士道とは　玉砕なり　体当り精神なり

三月一日には、

私は努力が不足だ――。両親よりの性格は可成可と思う　然《さ》れど努力が不足なのだ　死力を以て万事努力せよ。

と、厳しい状況の中で、自分を追い込みながらも日に日に士気を高揚させていくさまが読み取れる。

五月二十五日には、

祖国の人柱ら誓いて土浦と別れたり

という思いで出水《いずみ》海軍航空隊（現・鹿児島県出水市）に移動する。

## 夢、そして故郷への思い

出水海軍航空隊では海軍航空士官としての訓練に明け暮れる日々を過ごすが、九月十五日には、戦友の特攻死を知らされた際、

君は大いなる武勲と共に祖国の栄の人柱たるべく玉砕せり　君の戦死は勝利への生たるべき基いなり　君が屍を乗越て続く荒鷲幾十万、君が仇打たむ若人幾百万一億国民君の勲を賞賛奮起して立てり（……）帰り来たらざる荒鷲の勲を胸に雛《ひな》鷲は全精力を打込て出でて仇敵《きゆうてき》其の日を待ち居る

と述べ、自分を奮い立たせている。
その一方、任務以外についてもしばしば日誌を残している。
八月十六日には、

お盆の十六日　村では盆踊をやって居た頃だった　昨年の今日頃を思い見なむ　祖国の人々の幸福のために吾は戦う

と故郷に思いをはせていた。九月二十六日には、「夢」という字を丸で囲み、

　　吾生きて帰りなばカリフォルニヤにて　必ずやと亦支場分場をニュージーランドに六項
　　の見本園　作らむ

と、大規模な農場の設計図も添えて、夢を描いている。

　同じノートに綴られる死への覚悟と生きて帰った時の夢。一人の青年の心のひだに触れるようで、読んでいていたたまれない気持ちになる。

　森丘少尉は昭和十九年十月、前線の元山基地に移り、出撃までの半年間、特攻の実践的訓練を受ける。ここでも日誌は訓練にかける覚悟に、多くの紙幅が割かれているものの、日付は不明だが、昭和十九年十二月には

　　士官となりて国に尽す秋が来たのだその任官の日は19．12．25、暮行かんとする19年の
　　一日だ（……）酒は多量飲める様になった　出撃前父と盃を交したい気持で一杯だ　母
　　や姉には海軍少尉のスマートなる所を見せたい　村人には小供《（ママ）》時代の戯をお咤びしたい
　　　小娘達には海軍士官の意気を見せたい　そして散りたい　之が娑場気の表現なのだ
　　小供《（ママ）》達には大空の空戦の話しもして見たい　女学生には朝の飛行時の美　夕べの美を

語りたい　老人には散り行きし友の霊の安からむ事を共に祈りたいと語りたい（……）

と綴っており、家族、そして家族のいる故郷への深い思いが胸に迫る。

祖国と家族を護るためには戦うほかない。長年の夢も諦めなければならない。思いが錯綜《さくそう》する中で、森丘少尉は茶道に安らぎを求めている。少尉は、大学時代から茶道を続けており、元山海軍航空隊所属の頃には、楽浪《らくろう》焼きの抹茶茶碗を買い求めている。

昭和十九年十二月十八日の日誌に茶道に関する記述がある。

精神的に落付が出来て来た（……）元山空に来てから茶道なるものに意を入れ得る事が出来る日がある（……）裏千家のその道なり　角あらば人間生き苦し　角なきを尊ぶは茶道なり（……）茶室の爐《ろ》にたぎる茶釜の湯気こそ美しくその音こそ美味なり　静に立つる少《(ママ)》さな茶碗　緑にも非《あら》ず白にもあらず　古めかしき茶器も亦よきかな　来りて座する人々皆美しき心の主にして　静さを愛する自然人なり　亦であってほしい（……）お茶は若き戦斗機乗には良かものだ

昭和二十年二月十一日には、夢について書いている。

心のそして夢のｕｔｏｐｉａの建設　其の為に努力す　戦友野田少尉より贈れたる此のノートに心の夢を記すなり

「ｕｔｏｐｉａ」とは理想郷という意味だが、厳しい戦況を考えてか、夢に描いた「ｕｔｏｐｉａ」の内実については触れられていない。

特攻隊要員となる指示は昭和二十年二月二十二日に受けるが、その五日前には予期していたのだろう、

以後、書き連らねる幾多の言の葉は、父上様母上様そして肉親の姉兄一族に残すなり　軍人として多くの先輩は遺書なるものを知らずと散り行かれしなり　私も遺書なるものを残す事の出来る知能なし　唯々若き心の名残を記すのみ　果して何日分書き得ようか（後略）

と遺書として最後の言葉を残したいと綴り、二月二十二日当日には、次のように特攻への強固な思いと覚悟を述べている。

一大記念すべき日なり　私の身を心を祖国に捧げ得る日が予約された日だ　何たる喜び

ぞ　光栄無上絶対なり　即《すなわち》内々に海軍特別攻撃隊員の一員として選に入りし日なり

（後略）

国を想う念　誰か変りなむ　祖国の栄は此の青年士官の全てなり　皇国の魂は此の青年士官の魂なり　皇国の栄光を約す　吾等特攻隊員となり得て散らむも何か心残りあらむ淡々として雲の行くが如く行かむ

その後、日誌は飛び飛びになっているが、三月十六日、

私が亡き日に私に関係在る人々が読んでくれるだろうと思い亦、読んで戴くために書き始めたるノートも筆不精なる故　遂忘れ勝となった　再びとどめなき事でも留め居きまじく

と再開した。この日は、

快晴だ　今日の訓練は尽忠に生くる日の為の死の訓練である（後略）

と綴り、空輸されてきた紫電のイラストをつけ、

戦闘機乗りとして空中戦をなす事なく突込て敵艦船を攻撃するは少しく淋しい気もすれど祖国を見よ　特攻隊員の屍を起し　吾れ等立むして祖国の栄を約さむ

と、自身を鼓舞している。ついに出撃命令が下った三月二十二日には、

出撃の機、近し　爆装準備急げ　機銃軸線正合、羅針儀自差修正　愛機に爆装される事即　唯祖国の栄光のため機も身粉と砕く日とて近し（……）生前神の如き生活をなせそのために努め様　神風特別攻撃隊員の名誉と誇の下に　猛訓練に努めむ

愛機　31号　爆装完了す

と、切迫した現場を記録しているが、同時に、

久方振に富山よりの便に接す　手荒く喜しき感　目頭の熱くなるのを知りたり　故郷からの便程嬉しきものはない　唯　葉書一本にても快適なのに封書と来たからには小躍り

して戦友に見せ合って読むのです　海兵団で両親からのお手書に接したる時は信実涙《ママ》が出たものだった　土浦出水時代は手紙などそれ程気にもしなかったが元空に来て実際父上の御教訓は深く味わった　自分の人格の修養の糧としたものだった　それが最近　特攻隊員の一員となりてより更に故郷よりの便の来む事を願う様になった　出郷の折は『行きます』と断言して来た自分も今　姉上の封書に瑞喜の涙を流す哀れさだ　いかでか国を想わざらめや（後略）

と望郷の念を強めている。特攻出撃の準備が着実に進む中、二十三日には、

今日は父上母上の誕生日である（……）心から老寿の幸を祈ると共に　平和な大和島根で静なる生活をなして戴くため私の如き一匹死すとも可なり　父に幸福な生活　母にユ快なる生活をなして戴くべく戦う事　即ち祖国に神御一人に対し忠になるのである　父上の三人の子の内の一人　海軍少尉の哲四郎は立派にお国為に死にます　そのため御両親様にも私の突撃の成功をお祈り願います

今日は私の故郷の村の祭だ（……）村の名誉にかけても立派に玉砕至します　鎮守様にお誓い致します

二十九日には、

竹の子は地中に芽生えはじめた頃と想わむ　すかんぼ　ねこやなき、春らしき型が地上に形成された頃と故郷を思

と綴っている。訓練を通して戦う気持ちと故郷への思いを調和させていく一人の青年の姿が見て取れる。

## 過酷な出撃中止

ところが、その後森丘少尉の心を大きく揺さぶる出来事が起きる。改めて、昭和二十（一九四五）年三月から四月三日までの心の動きに焦点を当ててみたい。

三月二十二日に特攻命令を受け、出撃の準備に追われる中、三月二十六日には、

（前略）今の様な調子では体当も完全に出来そうもない　小いさな不安を感じだ《（ママ）》　私達の降爆は切腹の練習である

と吐露している。不安を押し殺しつつ、三月三十一日、全員集合の号令がかかり、明日出撃予定だと知らされる。そしてその日の日誌には、「幸福の極」という強い言葉が記される。

区隊長より明四月一日〇九〇〇発進と聞く　胸は躍りぬ（……）祖国に全てを捧得る秋が来た　栄光の感激　身は粉と砕る時が来た　幸福の極である

四月一日には、必要な物資を搭載し、貰《もら》った人形を全部座席の前に吊《つ》るして出撃を待った。だが、黄砂が深く、元山海軍航空隊から、沖縄に向け特攻出撃する鹿屋基地への移動は中止される。

「覚悟」したものの一転して中止。かといって現実が変わることはない。残酷な心の整理が再び突き付けられるのだ。緊張感を維持し、次の命令を待ち受ける。それがいかに過酷なものか……。

同日には、

一日の生命を長く元山にて得たわけである　今の心境にては唯速に皆と別れたい感じである　喜も悲も無く　無　考も無く　唯無である様な気がする

と心境を記した後、平静さを保つためか、大きな文字で「無」と書いている。

そして、

私の美しき心の表現となさむために作り来たこのノートも4月1日の夜を以て全てが失なわれたり　即ち酒だ

　酒　酒　酒

魂を破砕するものは酒だ　私は酒に負た　父上の教えを守り得なかった

と締めくくっている。「酒　酒　酒」の字は大きく乱れている。私はこの時の少尉の心情を表す言葉を持ち得ない。

翌二日の移動も中止となった。この日の日誌は、感情が吐露された前日の記述を補うようにして綴られ、たった一日で気持ちを前向きに持ち直した発言がみられる。

海軍の生活では常に父上の教えを守りました（酒に負たと書いたのは私の主観を以《もつて》見たる良心的反省です）そして誰れにも負ない修養をしたと信じます　私の海軍の一年半はそれ以前の総ての生活より大きな進歩をしたと私は信じます　8．15分　整列　指揮所へ行きます　発進の命あるやも知れませぬ　亦翌三日も天候不良で移動は中止。この日を最後に日誌は終わる。

（前略）隊長の訓示ありし後　司令以下各分隊長と別杯を交す（……）整備員が準備完了　受持機の手入をなし居り　搭乗員は手持無沙汰の感の如く小犬を相手に遊びおれり（……）8．40　別盃　その頃より天候急変し飛行キ発進不能となしたり　残念　午前発進　待て午後も天候良からず　発進出来不　再び元山空に待機す　本日を以て三日間待キせり（……）明日の天気を心す

## 兄を失って

少尉の妹のまさゑの半生も時代に呑み込まれた。

まさゑの夫は早稲田大学から学徒動員で陸軍に入営。特攻要員となったが、終戦で出撃は見送られた。夫とは面会できたが、森丘少尉とは面会の機会はなかった。同じ境遇の兄と夫で生死が分かれた。それだけに兄を慕う思いは強い。

少尉は「海軍少尉　森丘哲四郎」と書いた名刺を数枚、遺品として残している。

生前、まさゑは涙を浮かべながら、

「字を書くのがあまり好きではなかった兄が日記を残していたのは、生きた証《あかし》を誰かに託し

たかったからだと思う。名刺も燃やさないで残したという兄の気持ちを思うと、つらい」

と話すと、次のように続けた。

「なぜ死ねたのか。乱れた字で『酒　酒　酒』と書かれているのを見ると、心の中で葛藤していたのがよく分かる。家族と大切な人を護るため、自分一人が死んで家族が救われるならと思ったのでしょう」

まさゑの長女で、少尉の姪、まどかはこう話した。

「死にたいと思う人間が夢を書けるでしょうか。決して死にたくなかったのだと思う。でも、色々なものを護るためには死ななければならなかった」

そして、「今を生きる人には、命の重さと大切さを考えて欲しい」と訴えた。

森丘少尉の日誌から聞こえてくるのは、特攻作戦の是非を超越した特攻隊の心の叫びだ。

## 三　死を決断した者の「眼」

### エンジンのついた爆弾

昭和二十（一九四五）年五月二十五日。沖縄を目指して四機の特攻用重爆撃機が福岡県・大刀洗飛行場を離陸した。

特攻編成は「さくら弾機」二機と「ト号機」二機。和歌山県出身の花道柳太郎《はなみちりゅうたろう》（当時二十歳）は、工藤仁少尉が操縦するト号機に航法士として、北海道出身で機関士の桜井栄伍長と搭乗、先を行くさくら弾機を追った。さくら弾機は背中にこぶのような爆弾を搭載、片道燃料しか積んでいない。ト号機は往復の燃料を積んでいた。

「ト号機」の名前は「特別攻撃機」の頭文字の「ト」から名付けられた。

「さくら弾機」は、陸軍の四式重爆撃機「飛龍《ひりゅう》」を極秘に改造した四人乗りの大型特攻機だ。ドイツから入手した設計図を基に製造された特殊爆弾「さくら弾」が操縦席の真後ろに据えられていた。この「さくら弾」は直径一・六メートル、重さ二・九トンと大きく、機体をこぶのように変形させて搭載している。その構造は、前方に爆薬の威力を集中させて強い破壊

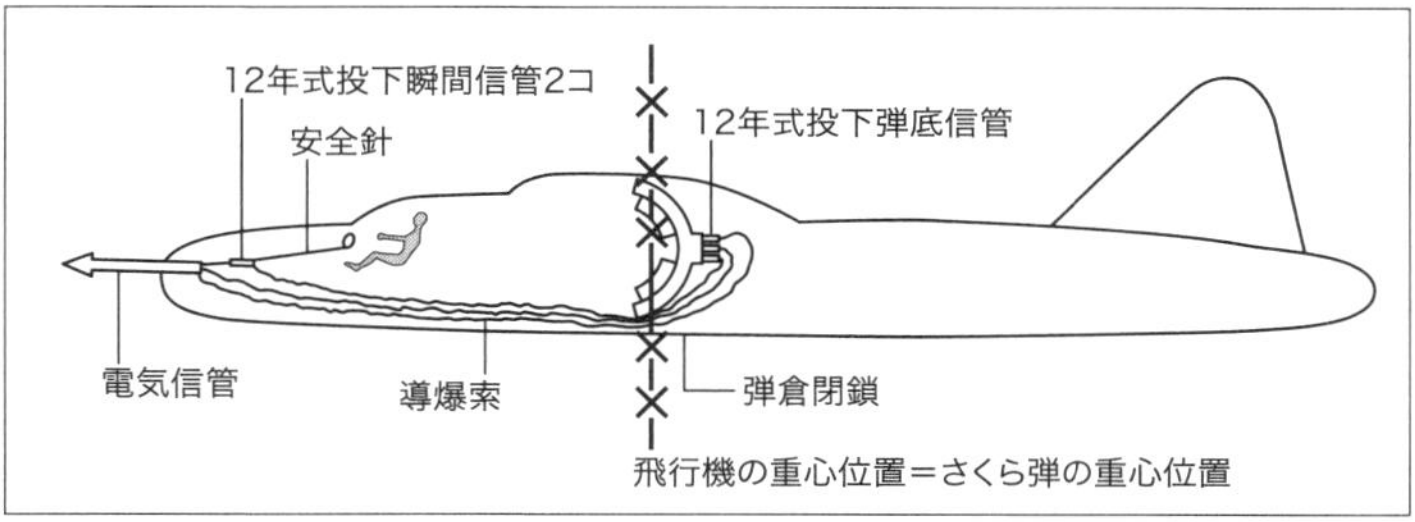


さくら弾機の構造　特攻隊戦没者慰霊顕彰会編『特別攻撃隊全史』第二版所収、3航技研究員桐生正太郎少佐の資料を基に作成

力を発揮するようになっており、爆発すれば、前方三キロ、後方三百メートルを破壊するとされていた。さくら弾機はこの大型爆弾を搭載するため、機関砲や機関銃などの装備を全て外し、前頭部や尾翼はベニヤ板を用いて軽量化してあった。

いわば爆弾にエンジンをつけたようなもので、一機で一隻を撃沈する起死回生の切り札だった。ただ、約三トンもの爆弾を搭載できるよう改造されたため、バランスが悪かった。

花道が乗るト号機も同じ飛龍を改造、八百キロ爆弾二本をワイヤーで胴体に縛り付けた特攻機で、爆弾以外の装備は一切なかった。

花道は最初、さくら弾機に搭乗する予定だったが、出撃の前々日に火災で消失したため、急遽《きゅうきょ》、ト号機で出撃することになった。

花道が所属する陸軍飛行第六二戦隊は元々、上空から爆弾を投下する重爆撃部隊だったが、特攻作戦に参加。六機のさくら弾機が配備され、沖縄特攻作戦で三機を投入した。残りの三機は事故のため使用されなかった。

## 死と隣り合わせの訓練

私が、和歌山県・日高《ひだか》町に花道柳太郎を訪ねたのは平成二十七（二〇一五）年六月のことだ。花道は当時九十歳で、妻のトシ江（当時八十四歳）と共に応対してくれた。

花道は、七人兄弟の長男。内原《うちはら》尋常高等小学校を卒業すると、昭和十五（一九四〇）年三月二十五日、岐阜県・各務原の陸軍航空廠技能者養成所（陸軍機の修理や部品の補給に当たる組織）に入所、軍隊生活が始まった。ここで、昼間は学科を、午後は訓練と実習を行い、昭和十八年三月二日に卒業。「この三年間はラッパで起きて、ラッパで寝る生活だった」という。

昭和十八年四月一日、各務原の陸軍航空隊の補給科に勤務、整備を担当した。陸軍はこの頃、新たに陸軍特別幹部候補生（通称・特幹）制度を制定しており、花道は受験に合格。翌十九年四月、一期生として滋賀県の第八航空教育隊に入隊した。

「普通、兵隊で入ると星一つから始まるが、特幹は星二つから始まる。それに半年経つと一階級ずつ上がっていく。軍曹までいくと、士官を受ける資格を貰えた」

昭和十九年暮れ、栃木県・宇都宮《うつのみや》陸軍飛行学校で、航法を学んだ後、昭和二十年二月、航法士として、茨城県の西筑波《にしつくば》飛行場（現・つくば市）で陸軍飛行第六二戦隊に配属される。

六二戦隊は、連合軍施設や艦艇を破壊するため、大量の弾薬を投下できる重爆撃機の戦隊で、中国戦線や東南アジアで作戦を展開していたが、西筑波飛行場に集結し特攻訓練を行っていた。

「戦隊はびっくりするほど家族的だった。若い兵隊も、特別扱いしないんですよ。普通の家族のように扱ってくれるんです。いじめは全然なかった」

花道は短期養成の猛訓練を受けた。

「離着陸だけでなく、海上をすれすれに飛んだり、様々な訓練を受けた。三角形に回ったり、四角形に回ったりして飛行場に戻ってくる訓練をした。ただ、海の上に行くと、よう戻って来んのですよ。（操縦の）誤差がものすごく多かった。誤差を少なくする訓練をした」

「海面すれすれに飛んで敵艦に近づき、爆弾を投下して船体に命中させる跳飛弾《ちょうひだん》攻撃の訓練を集中的にやった。大分湾で三千メートル上空から急降下し、敵艦に見立てた練習空母の手前でコンクリートの模擬弾を落とし、敵艦にぶつからないように上昇するのです。あるとき、二機が目の前で空中衝突して、墜落するのを見ました。それから、わしが下痢をしていたとき、わしの代わりに訓練をした見習士官が、高度を下げ過ぎて、前のプロペラで波の波頭を切り、反射的に操縦桿《そうじゅうかん》を引き上げたら後部が波に当たって、機体が二つに割れてしまい、亡くなった事故もあった。訓練をしていた大分湾は当時、風が強く波が高かったらしいんですが、わしが乗っていたら、わしが死んでいた」

すべてが特攻の訓練だった。

昭和二十年四月十二日、特攻隊として沖縄への出撃命令が出され、福岡県・大刀洗町の陸軍大刀洗飛行場に移動した。

「西筑波飛行場で出陣式があって、戦隊長が『これから大刀洗に出ていく』と訓示したんです。わしらは三番機だったんですが、戦隊長が乗っとった一番機が離陸したあと、急に機首を上げたかと思うと、ストンと落ちたんです。後ろで見とったんよ。落ちると同時に火がついて燃え上がった。その火を見ながら離陸し、大刀洗に向かった。大刀洗飛行場に着いた時、驚いたのは、滑走路が穴だらけなんですよ。艦載機の攻撃の跡だと後で分かりました。しかも、所々で時限爆弾が爆発しているんです」

と、手ぶりを交えながら、当時の様子を話した。

大刀洗飛行場では、甘木の旅館が兵舎代わりに宿泊所になった。

「旅館について間なしに、旅館の十六歳の女の子がマスコット人形をくれたんです」

こう言うと、胸に手を当て、

「いつもここにぶら下げとったんですが、ときたま、駐機しとった飛行機の操縦席の所に吊るしました。いつも死と隣り合わせだったから、人形の顔を見ていると、何だか力が出るような気がしました。この可愛い女の子を護るために戦うんだと……」

と、当時を懐かしむようにほほ笑んだ。

## 搭乗予定機が炎上

大刀洗飛行場でさくら弾機を初めて見た。その時の気持ちを次のように語った。

「とにかく格好を見てびっくりした。これでよう飛べるなあって思った。重量を軽くするために、機関砲や機関銃は全然ないし、前の部分とか、力のいらないところは、ほとんどがベニヤ板。それに三トンの爆弾を積んでいる。このころ、前方三千メートルとか、後方三百メートルとか、一里四方が吹っ飛ぶとか、うわさがあった。それに目方が重たいんで、燃料も半分しかないちゅうことを聞いた。

最初、ふくれているところが何か分からなかった。中に入ったら、茶色の大きな鍋みたいなのが座っている。ボルトでとめているけど、エンジンを掛けるとガタガタ動くんですよ。何か、上からかぶさってくるような感じで、ものすごく怖かったですよ。それが爆弾だと聞いたときは、口には絶対に出さなかったけど、これで一緒に行かないかんのかと思うと、内心は、えらいもん、もらったなあ、死にたくないなあ――と、怖かった。

でも、人前ではおくびにも出さなんだ。そもそも、二・九トンの大型爆弾を組み込まれているから、こんなに重くて、（機体が）浮き上がれるんかという不安もあった」

五月に入ると、さくら弾機の搭乗員に指名される。一緒に搭乗するメンバー三人も決まっていた。

ところが、四人とも、さくら弾機そのものに乗っての実際の訓練は一度も経験がなかった。

「一度は乗ってみたいと思ったけど、機長も、機関係も通信係も、誰も乗ったことがなかった。離着陸の訓練で、事故でも起こすと吹っ飛んでしまうから。ぶっつけ本番だった」

出撃は五月二十五日に決まった。

「命令が出たら、従うしかないちゅうのは分かっていたから、反発することはできなんだ。命令が出た時は、あきらめというか、覚悟というか、もう行かなきゃ仕方がないという気持ちだった。でも、表には出さなんだけど、内心は死にたないという気持ちで一杯だった」

ところが、出撃二日前、人生を変える事件が起きる。五月二十三日、搭乗予定だったさくら弾機が炎上、消失してしまったのだ。

「出撃二日前の五月二十三日午前五時頃、『さくら弾機一機が燃えている』という連絡が入ったんです。憲兵隊は何者かが故意に火をつけたと決めつけ、夕方、通信係の山本辰雄伍長を連行しました。山本伍長は韓国出身の少年飛行乙十四期。軍法会議で死刑を宣告され、終戦の一週間前、福岡の油山《あぶらやま》で銃殺されました。でも、さくら弾機が消失した夜は、わしらと一緒にいたから、山本伍長が火をつけていないのははっきりしていた。わしらメンバーを調べれば、彼がやっていないのははっきりしたのに、我々から何も聞かないで逮捕した。ぬれぎぬを着せられた上に銃殺されたのだから、可愛そうで仕方がない」

花道は、昨日のことのように悔しそうに語った。

「ただ、搭乗予定のさくら弾機が燃えてしまったことで、正直言うと、一瞬、助かったと思った。表に出さないで、心の中にとどめていたが、次の瞬間、ト号機で出撃するように命令が出た。もうあかんと思った」

出撃の日は刻々と近づいていた。

特攻出撃が決まった後も、自分が特攻隊であることを知らせまいと、両親に手紙を書いたことはなかったが、出撃前日、遺書を書いた。髪の毛と爪と給料を封筒に入れ、それを箱にしまい、「もし、わしが帰って来なかったら、送っておいてくれ」と、戦友に預けた。

「死ぬのは怖くなかったし、当たり前の事で、仕方がないちゅう頭やった。気持ちに変化はなかった。ただ、そうはいっても出撃する前の日は動揺した」

花道は話を続けた。

「一緒に出撃する機関士の桜井伍長が突然、『ほかの人には言えないけど、好きな女の子がいて、お腹の中に子供が出来た。死にたくない』と話してきたんだ。彼の涙を見て、わしも、初めて死にたないと実感した。『おお、そうか。死にたないのはお前だけじゃない。わしも死にたないけども、これは表には出せんからな』と即座に口止めしたのを覚えている」

花道はその時の気持ちをこうも振り返った。

「内心、死にたくないというのは国賊や、軍人やない——という気持ちを持っとったけど、彼の話を聞いて、わしだけじゃない、連れができた、と安心した。みんな、国のためと言い残しているけど、内心は、死にたくないちゅうのがほんまだったんじゃないかなあと思う。わし自体が間違っているかもしれないけど、行きたくなかった、死にたくなかったというのが本音。今だから言える事だが……」

出撃前夜はほとんど眠れなかった。

それでも、花道は出撃する。

## 悪天候に阻まれた出撃

「朝食は豪華だった。軍隊に行って、あんな御馳走《ごちそう》は初めてだった。鯛《たい》の焼き物は大き過ぎて皿からはみ出るほど大きかった。そんな焼き物までついているから、やっぱり、本当にこれからいくんやなぁと感じた。御馳走をしてくれたけど、あまりのどを通らなかった。トラックで飛行場へ行くと、すでにエンジンがかかっていた。戦隊長が一人一人、『頑張って下さい』と言って握手して回っていたけど、『無事を祈る』ちゅうと、『帰って来い』ちゅう意味になるから、『頑張って下さい』と言ったんやね。末期の水にと一升瓶に水を満たして持って行った」

昭和二十（一九四五）年五月二十五日、花道と前夜、涙を流した桜井伍長が搭乗したト号機は、二機のさくら弾機と沖縄を目指し、大刀洗飛行場を出撃した。

さくら弾機の一機は、溝田彦二少尉（当時二十一歳）が操縦し、山中正八見習士官（航法士、同二十二歳）と田中彌一伍長（機関士、同二十二歳）、高尾峯望伍長（通信士、同十八歳）が搭乗した。もう一機は、第六二戦隊の福島豊少尉（同二十二歳）が操縦していた。

花道の乗ったト号機は溝田少尉の操縦するさくら弾機につかず離れず、敵のレーダーから逃れるため、海上百五十メートルから二百メートルの海面すれすれのところで敵機動部隊を探して、飛行を続けた。高度を三百メートルまで上げると雲で下が見えなくなるため、高度二百メートルを保たなくてはいけなかった。

さくら弾機は重い爆弾を積んでいるため速度が遅く、花道が搭乗するト号機はすぐに追いついてしまう。だが、同じ速度で航行するとト号機が失速してしまうため、辺りをひと回りしながら距離を保っていた。すると、突然、前を行く溝田機が目の前から遠ざかっていった。沖縄地方は梅雨で、この日も天候が悪く、時々大粒の雨が風防をパンパン叩いた。東シナ海には低気圧があったのだが、情報は届いていなかった。垂れ込める雲の中、ついに溝田機を見失い、花道機は単独飛行になった。

「航空母艦か戦艦に突っ込め」が命令だった。

「偵察機が敵艦隊を探して来るが、指示された場所に行くと、もういない。どこへ行ったか分からない。それでも探せと命令される。無茶苦茶な話だった」

敵機動部隊を探すうちに燃料を使い果たし、大刀洗飛行場に戻れなくなり、鹿児島県の鹿屋飛行場に不時着した。

「最初、知覧飛行場に向かおうとしたが、知覧は滑走路が短いんでおりらへんから、鹿屋に向かった。鹿屋に緊急着陸すると、もう一度燃料を入れ直して出撃することになり、大刀洗まで戻った」

この日花道と共に出撃したさくら弾機の福島機と溝田機は戻らなかった。

## 生き残ったことへの贖罪

戦争が終わると、八月十六日に除隊になり、三日後、和歌山の自宅に戻った。九月二十五日、和歌山県警の警察官になったが、一ヵ月で辞め、飴樽《あめだる》（芋飴を入れる樽）をつくる家業を手伝う道を選んだ。

終戦から七年後の昭和二十七（一九五二）年十月十日、二十八歳で、高沢トシ江（当時二十二歳）と結婚、翌二十八年十月一日、日高町役場に職場を変えた。昭和五十七年十二月一日、役場をやめ、御坊《ごぼう》市の塗装会社を経て農業に転じた。

私生活では、二人の息子と一人の娘、そして六人の孫と四人のひ孫に恵まれた。

故郷に戻った花道の生活を見ると、職場は転々としたが、家族に恵まれ、一見、平穏な日常を過ごしていたように映る。だが、故郷に戻った花道を待っていたのは、生き残ったことに対する贖罪の念と国賊という意識だった。花道の戦後は、精神的苦悩の連続だったのだ。

元特攻隊員だということは、三十年以上、両親にも妻にも隠し続けた。第六二戦隊は二十八人が特攻で散華した。戦友の山本伍長はいわれのない罪で銃殺された可能性が高い。

「戦死した戦友に申し訳ないという気持ちと、生き残ったという負い目もあり、苦しかった。特攻というのは、絶対に帰ってきたらいかんかった。『お前は国賊。死にたくないから戻ってきたんだろう』って言われるような気がして、身の置き場がなかった。両親も『お前の息子は国賊やないか』と後ろ指を指されると思った。誰もそんなことを言わなかったけれど、自分でそう思い込んでいた。だから、帰ってきて三十年間は自然と口をつぐんでしまった」

と話した。

花道の手元には、両親宛てに書いた遺書は残っていない。出撃前、戦友に託していた封筒も残っていない。すべて戦後に取り戻し、焼いてしまったのだ。だから、両親は特攻隊だったことを知らずに亡くなった。

大刀洗飛行場で挺身隊の女性からもらった血染めの鉢巻きも処分した。

すべて特攻隊だったことを隠すためだった。

「山本伍長さんは可哀想だったということは聞いたことはありますが、特攻隊の話も戦友の話も聞いたことはありませんでした」

と、トシ江は振り返った。

元小学校教員で友人の有田滋《しげる》(面会時九十一歳)が、花道から特攻の話を聞いたのは十数年前だった。

「六十年ほど付き合っているが、特攻隊のことを知ったのは、十年ほど前、平成十七年頃だと思う。『家内にも言うてないんやけど、話すわ』と言って話し始めた。特攻隊の事を話してくれた後は、『死んだ人には申し訳ない』と繰り返していた」

花道が日高町役場時代に手掛けた事業の中で誇れるものは、水道の整備だという。断水などをなくし、各家庭に行き渡るように、水道整備に力を注いだ。

「水やろ、空気やろ、温度やろ。この三つがなかったら、人間は生きていかれん。そのうちで、わしが手がけられるのは水しかなかった。だから、水道をちゃんとしたんよ」

花道は多くを語らないが、有田は、

「特攻隊員だったからこそ、生きることの意味の重さを感じていた。水道を整備したのは、生きるためには何が大切かを最優先に考えたのかもしれない」

と、花道の思いを推し量った。

花道の自宅の庭には南天の木が何本も植えられていた。ナンテンは「難を転ずる」からだといった。

「毎朝、東西南北、四方に向かって手を合わせているんですよ。ねえ〜っ」

トシ江は、聴力が衰えた夫の顔をのぞき込み、大きな声で確かめながら話した。

「うん。皆の供養をしないと……」

軽くうなずく夫の代わりにトシ江は、こう続けた。

「毎朝六時半頃、手を合わせながら、『生かさせてもろうて有難う。生きて帰ってきてすまんな……』って、一人でぶつぶつ言ってます」

## 元特攻兵の「眼」

花道は最後に、生きて終戦を迎えられたのは、

「搭乗する予定だったさくら弾機が焼失したため、乗って行かなかったちゅうこと、天候が悪かったちゅうこと、燃料が一杯あったちゅうこと、幹部が特攻に反対やったちゅうこと」

を理由としてあげ、

「わしらの上の人は、特攻には反対だった。部下を殺したなかった。わしらも内心、死にたないし。だから、戻ってきたら、二度と出撃させなかった。ところが、賛成派は、戻ってくると、すぐにまた、出撃させた。幹部の考え方に大きな差があった。人間の寿命って分からんもんでねえ。

鹿屋に着いたときは、助かったなあ、次の命令が出るまで生きられるなあ、と思い、生きているという有難さを身に染みて感じた」

そう言って話を終えた。

花道と面談中にあることに気づいた。笑顔を絶やさないのだ。だが、その笑顔には、ほかでは感じたことのない強さと違和感があった。

理由は「眼」だった。彼のまなざしに包容力を感じながらも、同時に自分が射貫かれるような厳しさを感じ、まっすぐに視線を合わせていられないのだ。

死を決断し、実際に死と向き合ったが故のまなざしなのだろうか。

妻のトシ江は、

「子供を叱った事はない。でも、子供たちはおじいさんの顔を見ると、素直になった。何も言わなくても伝わった。それだけ無言の圧力というか、無言の優しい怖さが身についているのでしょうか」

と話した。

思い返してみると、花道の澄んだまなざしは、私がこれまで出会った元特攻隊員に共通するものだった。彼らが見せる笑顔の奥には、真近で生死を懸ける経験をした者だけが持つであろう、「俗」を超越した清々しさや雄々しさ、寂しさ、自責の念、そして生きる事への感謝があった。

花道は、戦時中に慰問経験のある女性が特攻隊員に宛てて詠んだ短歌を大切に保管していた。

戦中の艱難《かんなん》辛苦乗り越えて
　今や幸せ昭和の乙女

特攻の人こそ神とみな信じ
　戦いすんですべて終わりと

特攻の人と出会える嬉しさに
　夢ではないかと我がほほをつねる

若き日の特攻服の姿をば
　写真をはりて我が史つくらむ

特攻の秘めたる恋を胸に抱き
　生き永らえて今日再開の大刀洗

特攻隊への素直な感謝の気持ちが表れたこの歌を、散華した全ての特攻隊員に捧げたいと感じるのは筆者だけだろうか。

## 四　沖縄だけが見た特攻隊の最期

### 沖縄戦特攻の第一号は沖縄県民

鹿児島県・知覧の特攻平和会館。館内に入ると、ロビー正面に飾られた一枚の絵画に目が留まる。陶板壁画「知覧鎮魂の賦」（仲矢《なかや》勝好《かつよし》作）だ。

高さ三メートル、幅四・四メートルの壁画に描かれているのは、燃え盛る機体が海中に没しようとする刹那《せつな》の光景だ。白い衣を翻した六人の天女が、機体から特攻隊員の魂魄《こんぱく》を救い出し、昇天させようとしている。

三人の天女が両手をだらりと垂らした隊員の身体をいつくしむように抱いて機体から引き上げ、ほかの一人が焼けただれたようにも見える隊員の身体に薬か水をかけている。残る二人の天女はその周りにふわりと浮かび、微笑みながら様子を見守っているようだ。特攻機は炎上しているが、隊員の茶色の飛行服と手袋は焼けてはいない。制作した仲矢の特攻隊員への思いが心に響く作品だ。

ロビーから最初の展示室である遺品室に進むと、左右の壁に隙間なく特攻隊員の遺影が飾られている。その先頭に展示されているのが、沖縄県民の伊舎堂用久《いしやどうようきゆう》大尉（当時二十四歳、没後中佐）の遺影だ。昭和二十（一九四五）年三月二十六日、沖縄戦で最初に特攻出撃し散華した。

昭和十九年夏、サイパン、テニアン、グアムを抱える要衝マリアナ諸島は連合軍の手中に落ち、日本の絶対国防圏の一角は崩壊する。連合軍の次の目標がフィリピン、台湾、沖縄になることは疑う余地もなかった。

昭和二十年三月二十五日夕、台湾と南西諸島の航空作戦を担う台湾・台北《タイペイ》の第八飛行師団（師団長・山本健児《やまもとけんじ》中将）の偵察機が、沖縄西方の東シナ海洋上を沖縄に向かって侵攻する大機動部隊を発見した。第八飛行師団は石垣《いしがき》島・白保《しらほ》飛行場で待機する伊舎堂大尉が指揮をとる「誠《まこと》第十七飛行隊」に沖縄特攻作戦の先陣として出撃を命じた。

第八飛行師団の命令に基づき、第九飛行団長の柳本栄喜大佐は二十五日午後十一時五十分、伊舎堂部隊らを白保飛行場戦闘指揮所に集め、次の飛行団命令を下達した。

一　本二十五日一六五〇慶良間《けらま》群島周辺には制式空母二、特設空母四以上よりなる敵機動部隊遊弋《ゆうよく》中なり

二　飛行団は敵機動部隊を攻撃せんとす

三　誠第十七飛行隊は独立飛行第二十三中隊と協同し二十六日〇五五〇慶良間群島周辺の敵機動部隊を攻撃し之を覆滅すべし　甲編成第一方式直掩機は爆装とす　但し独立飛行第二十三中隊は爾余《じよ》の出動可能の全力を以て戦果を確認すべし　帰還飛行場は石垣（海軍）とす

四　第六十九飛行場大隊及第百二十八野戦飛行場設定隊は全力を以て前項出動準備に協力すべし

五　出動準備間特に敵の夜間偵察に注意すべし

六　余は明二十六日〇三三〇飛行場戦闘指揮所に在り

柳本大佐が「敵は愈々《いよいよ》我が国土に侵冠しようとしている。諸官の成功を祈る」と激励の辞を述べると、用意された冷や酒で別れの盃を酌み交わした。

伊舎堂大尉と士官学校の同期で初代自衛隊沖縄地方連絡部長の元陸軍大尉、又吉康助《またよしこうすけ》の『千尋の海　軍神・伊舎堂中佐の生涯』によると、三項目にある「甲編成」とは、

特攻機一機に一機づつの直掩機がつく編組で（……）又直掩機はすべて爆装が戦斗教令で定められ状況に応じ特攻の任を課されていた。

という。つまり、特攻機を掩護する役割を負っている直掩機も爆弾を搭載し、状況によって特攻するよう定められていたのだ。

二十六日午前四時、関係部隊ら四十人前後が出撃を見送る中、まず独立飛行第二十三中隊所属の直掩機が離陸し、次いで伊舎堂大尉の誠第十七飛行隊が飛び立った。白鉢巻きを締めた伊舎堂隊の隊員の中には、鉢巻きに「お母さん　お先に」と墨書した少年兵もいた。

石垣島を出撃した伊舎堂隊は午前五時五十分、那覇《なは》の西方約三十キロの慶良間諸島沖で敵空母群を発見する。

天気晴朗、月齢十二、残月を浴びつつ……全機敵艦に突入…………………

の無電を残すと、十機全機が米機動部隊に突入した。

第八飛行師団の戦闘詳報によると、大型航空母艦一撃沈、一撃破、中型航空母艦一撃破、戦艦一撃破の戦果を得たが、誠第十七飛行隊は伊舎堂大尉以下四人、独立飛行第二十三中隊は阿部久作少尉以下六人が散華した。

この伊舎堂隊が沖縄戦での陸・海軍航空特攻の先駆で、その戦果を、防衛省防衛研究所戦史研究センター（旧・防衛庁防衛研修所戦史室）編纂の『戦史叢書』はこう称《たた》えている。

誠第十七飛行隊長伊舎堂用久大尉は（……）石垣の出身で、敵が南西諸島に来攻の際は、真先に出撃し国土防衛の礎石となる覚悟を固めていた。隊員もみな隊長の思想に同調しており、その覚悟はきわめて固く、士気ははなはだ旺盛であった。

特攻隊戦没者慰霊顕彰会編纂の『特別攻撃隊全史』によると、伊舎堂大尉による沖縄戦特攻第一号から八月十一日までに、沖縄に向け出撃、壮烈な体当たり攻撃で沖縄の空と海に消えた陸・海軍兵士は約二千三百人にのぼる。

## 故郷から最後の出撃

伊舎堂大尉は大正九（一九二〇）年六月十二日、沖縄県石垣町（現・石垣市）登野城《とのしろ》で、三男四女の三男として生まれた。父、用和《ようわ》は日露戦争に従軍、武功が認められ、石垣では初めて金鵄《きんし》勲章をもらっている。実兄の長男、用展《ようてん》（陸軍少尉）は、沖縄戦で散華した。三十九歳だった。

大尉は昭和十三（一九三八）年、陸士第五十五期生として陸軍士官学校に入学。昭和十六年七月に卒業すると、同年十月に少尉に任官、宇都宮、下志津《しもしづ》の陸軍航空学校でパイロットとしての腕を磨き、昭和十八年四月、北支派遣隼九九一部隊に配属され戦地に。翌十九年四月、第八飛行師団の花蓮《かれん》港第一七二部隊（台湾）に配属された。

大尉は配属先の台湾に向かう飛行中、故郷の石垣島の登野城上空を通過している。その際、生家を見つけると低空飛行に移り、屋根すれすれに旋回、生家目がけて日の丸の旗をつけた通信筒を投下した。付近に居合わせた親戚の少年が拾って伊舎堂家に届けたが、通信筒には、

用久元気　台湾花蓮港に居ることになりました　今前進する途中

（仲新城誠著『「軍神」を忘れた沖縄』（閣文社）より）

と、鉛筆で書かれた簡単な通信文が入っていた。

その後、十一月二十二日、大本営陸軍部から第八飛行師団に特攻要員として「誠第十七飛行隊」を編成するよう指示があり、伊舎堂大尉に隊長の白羽の矢が立つ。同時に直掩隊として「独立飛行第二十三中隊」が編成された。

翌昭和二十年二月十八日、伊舎堂大尉の率いる「誠第十七飛行隊」と「独立飛行第二十三中隊」は石垣島・白保飛行場に向かう。白保飛行場は、大尉が生まれた登野城から東へ十四キロほどの白保地域の北側にあった。石垣島は、昭和十九年十月十二日の初空襲以来、一時は攻撃が途絶えていたものの、昭和二十年一月以降は米軍機が断続的に飛来、繰り返し攻撃をうけていた。三月十七日、硫黄島《いおうじま》の日本軍の守備隊が玉砕すると、空襲の頻度は増えていった。

『千尋の海』で又吉は、

飛行機は誘導路でアダン葉の繁茂している遮蔽場所に分散秘匿してあったので三月迄は殆ど被害はなかった。（……）飛行訓練は昼間の殆どが敵機の制空下におかれているため主として夜間又は拂暁《ふつぎよう》時実施されたが、敵来攻切迫せりの雰囲気を反映して真剣且厳格を極めたものであった。

と記している。

伊舎堂大尉の宿舎には白保飛行場まで歩いて二、三分の距離にある白保村の前盛善介の自宅が充てられた。私は、平成二十二（二〇一〇）年四月、石垣市に伊舎堂大尉の甥、用八《ようはち》（当時七十一歳）を訪ね、用八の案内で前盛家を訪ねた。

私が訪ねた当時で築百二十年。赤瓦葺《ぶ》きの平屋建てで、門構えも立派だった。門を入ると粟石《あわいし》で作ったヒンプンと呼ばれる高さ二メートル位の目隠し（魔除け）の塀があり、格式の高さを感じた。粟石の塀と家の周りの壁には無数のロケット弾や銃撃の弾痕《だんこん》が残り、米軍の空襲の凄《すさ》まじさを象徴していた。この弾痕は、家の中の柱や仏壇、欄間にまで続いていた。

沖縄戦当時三歳だったという前盛喜美子が、両親から聞いたという大尉の生活の様子を話してくれた。

大尉は床の間がある六畳間と八畳間を使っていたが、襖《ふすま》を閉めると、個室になるため、部屋で何をしているのか全く分からなかったという。

「物腰の柔らかい物静かな方だったそうです。母がある日、『夜は熟睡できますか』と尋ねたところ、『出撃の日を待つのみですから何も考えずにその日の来るのを待っています』と落ち着いて答えたと聞きました」

食事はどこで作ったのか分からないが、毎食、部下が運んできたため、前盛家は食事の世話をすることはなかった。時々、部下と宴会のような食事をすることもあった。部下は毎朝、飛行場に向かう際、前盛家に立ち寄ると、点呼をすませ、大尉の訓示を聞いてから、整列して飛行場に向かった。

大尉は普段から、喜美子の両親には近寄り過ぎず一定の距離を保ち、前盛家の家族ともほとんど話をしなかったという。前盛家では、二階級特進した伊舎堂大尉を中佐と呼んでいたのだろう。喜美子は自然と「伊舎堂中佐」と呼び、こう話を続けた。

「両親から聞いたのですが、中佐の実家は近いので会おうと思えばいつでも会えました。でも、自分の部下は遠い他府県から来ていて、会いたくても会えないから、自分は地元だからといって、会うわけにはいかないと、一度も面会に行かなかったそうです。身内の方が来ても、一切会わず、父が断って帰って貰っていたようです」

## 歌い継がれる「伊舎堂隊の唄」

話の途中で喜美子は突然、「『伊舎堂隊の唄』ってご存じですか」と尋ねてきた。

「伊舎堂さんが出撃した後、歌われるようになりました。部下の人たちは出撃前から歌っていたようですが、ご本人は知らなかったようです。白保の人ならみんな知っていて、今でも集まると歌います。伊舎堂さんは今でも地元住民の心の中に生きているのです」

そしてさらにこう続けた。

「伊舎堂隊長の活躍をもっと知って貰いたい。この小さな島にも国のために尽くした人がいたということを全国の人にもっと知って貰いたいと思っています」

大尉と家族との間には後日談がある。用八は、

「叔父が出撃した三月二十六日、祖父母は三女のトヨと四女の節《せつ》が作った料理を持って白保基地に慰問に出かけたが、村役場まで来たとき、叔父が出撃して戦死したことを知ったらしいです。予期していたこととはいえ、祖母は思わず泣き崩れたそうです。祖父は『武人として立派に奉公した』と毅然とした態度をしていたと言いますが、心中はどうだったか……」

と話してくれた。

伊舎堂隊の出撃は極秘に展開されたため、大尉らを見送ることができた住民はほとんどいなかった。ただ、三女、トヨの夫、石垣信純《しんじゅん》は、第五〇六特設工兵隊の第五中隊長として軍

務についていたため、誠第十七飛行隊の整備員など飛行場の関係者から出撃を知り、離陸直前、機上の大尉と言葉を交わすことができた。

三月二十六日未明、飛行場の整備員が「伊舎堂隊長の出撃です。直ぐ来てください」と兵舎に駆け込んできた。兵舎から飛行場までは一キロ以上。ようやく駆け付けると、大尉の搭乗機は既にエンジンをかけ、プロペラは回転し始めていた。そのとき、飛行場設定隊長と思われる人物が走り寄り、石垣の手を捉えて「早く早く」と大尉の搭乗機の側まで誘導してくれた。

又吉は前述の本で石垣の回想をこう紹介している。

用久は私（石垣）の姿に気がつかず真正面をキッと見付め将に発進しようとしている。私は思わず飛行機にしがみついた。ここで始めて私が来たことに気づいたようでうしろを振り返ってただの一言「姉さんに宜しく」私が言わんとする遑間《いとま》なく搭乗機はスルスルと滑走し始め轟音と共に大空に舞い上がった。私は言う言葉もなくただ胸が一杯になって涙に暮れるのみであった。この間一－二分間くらいが経過しただろうか、これが用久との今生の別れであった

石垣はさらに、

ようやく心臓の鼓動が弱まり多少落ついた気分に戻った矢先、突然、心臓が止まるような大きな衝撃を受け思わず飛び上がった。
おそらくそのときが用久の突入瞬間ではなかったか、あとで考えるとそのように思われてならない。

と語っている。

喜美子と別れたあと、用八から「伊舎堂隊の唄」の歌詞を見せてもらった。

一、富士の御山に　身をすてて
　エンジンまわせば　腕がなる
目ざす目標　敵空母
　たたきつぶせよ　あゝ伊舎堂隊
二、重いバクダン　かかえ込み
　行くは東の空遠く
どんと一発　決死隊

またと還《かえ》らぬ　あゝ若桜

三、母の写真に　ひざまずき
お先にあの世へ参ります
国の御為　お母さん
花と散ります　あゝお母さん

四、もしも戦死と聞いたなら
逢いにおいでよ　靖国へ
白木の箱が　とどいたら
抱いておくれよ　あゝ思い出に

用八は、

「この唄は誠第十七飛行隊の隊員が隊長である叔父の心意気と隊員の心情を盛り込んで作詞作曲したもので、叔父の戦死後、八重山地区の愛唱歌となりました」

と言った。

**「欣然」の姿勢**

誠第十七飛行隊が台湾から石垣島に展開した後、大尉は隊員たちと辞世を書いた寄せ書きを送っている。

指折りつ待ちに待ちたる機ぞ来《きた》る
千尋の海にちるぞたのしき

日付は出撃三日前の三月二十三日とあった。
出撃前の大尉について昭和二十（一九四五）年四月十三日付朝日新聞は特派員記事として
こう伝えている。記事は、

陸軍特別攻撃隊「誠」飛行隊伊舎堂大尉ら十勇士の（……）殊勲が畏くも上聞に達せられた旨発表されたが、記者は瞼をかたくとざし今は神鷲と天翔けた大尉の雄姿を想起しながら在りし日の大尉を偲ぶ

で始まり、

某基地で誠飛行隊が誕生した、伊舎堂大尉は（……）初編成の特攻隊長としての使命を帯びたのであった（……）（ある日）宿舎を訪ねた私を玄関先で（……）迎えてくれた

大尉は相変わらずの童顔で心もちのびた髭面を撫でながら私の腕を摑んだ「よく訪ねてくれた」

この時、何所かに決意のみなぎる大尉の顔を見て、特派員は「やっぱりやるのだな」と、特攻隊のことを直感したという。

大尉は（……）その胸章を双手で隠すように一段声を落とすと「うちの隊長がこのわしを隊長にしてくれました有難いことです」隊長の温情をたまらなく感謝するかのようにその言葉ははずんでいた

と大尉の言葉を紹介している。

その夜、大尉と特派員は酒を交わしているが、大尉は、その席で、信念とも決意とも受け取れる言葉を漏らしている。記事にはこうある。

それは「欣然」という言葉であった「私は何時の場合でも唯欣然とやるつもりです、私はこの言葉が一番好きです（……）私はこれまでこの言葉を自分の固い信條として生き働いていました、これからさきも唯欣然あるのみです」

大尉の言う「欣然」は、辞書によると「喜んで物事をする様」とある。大尉はどういう場面でも、この「欣然」と物事に当たるというのだ。

『軍神』を忘れた沖縄』によると、大尉は白保基地に転じた際、「念願叶《かな》って郷土の守りにつく」と題し、特攻に対する決意をこう記している。

今日の問題は何ぞや、戦うことなり
明日の問題は何ぞや、勝つことなり
総ての問題は何ぞや、死すことなり

郷土を護るために戦い、勝ち取るためには、自分一人が生き残るという選択肢はなかったのだ。

## 連日の出撃

伊舎堂大尉の特攻後、沖縄戦が激化するに従って、昭和二十（一九四五）年四月六日、菊《きく》水《すい》作戦第一号が発令された。南北朝時代の忠臣・楠木正成《くすのきまさしげ》の旗印から命名されたこの作戦は、航空戦の大半を敵艦船への体当たり戦法に投入したものだった。この菊水作戦は一号作戦から六月二十二日の十号作戦まで続いた。

昭和十九年十月、フィリピン・マバラカット基地で神風特別攻撃隊が結成された際、大西瀧治郎中将が自ら「統率の外道」と称した「十死零生《じっしれいせい》」の特攻作戦が、沖縄戦で正式な作戦として展開されることになったのだ。

特攻隊戦没者慰霊顕彰会の資料によると、四月六日の菊水第一号作戦だけで、海軍二百七十九人（百六十一機）、陸軍六十一人（六十一機）が出撃、散華した。

『特攻に殉ず　地方気象台の沖縄戦』（中央公論新社）の中で、田村洋三《たむらようぞう》は一号作戦についてこう伝えている。

沖縄戦始まって以来初めての大規模な体当たり攻撃を敢行した。敵艦隊の熾烈な防御砲火、体当たり爆破の噴煙は海面を暗黒色に覆い、その中から轟音と紅蓮の炎が閃いた。首里山上で戦果の確認に当たった第三十二軍司令部の監視隊も、一時は戦果を確認できないほど、海面は修羅の巷と化した。

四月十二日に二号作戦、十五日と十六日に三号作戦が展開されたが、十二日には、海軍百四十二人（五十九機）、陸軍四十九人（四十八機）が、十五、十六日で、海軍百九十六人（百七機）、陸軍五十六人（五十五機）が出撃、散華した。

| | |
|---|---|
| **4月** | |
| 17日 | 27 |
| 19日 | 2 |
| 22日 | 45 |
| 23日 | 2 |
| 26日 | 9 |
| 27日 | 8 |
| 28日 | 112 |
| 29日 | 45 |
| 30日 | 3 |
| **5月** | |
| 3日 | 25 |
| 4日 | 180 |
| 6日 | 11 |
| 9日 | 20 |
| 11日 | 136 |
| 12日 | 7 |
| 13日 | 19 |
| 14日 | 25 |
| 15日 | 11 |
| 17日 | 9 |
| 18日 | 11 |
| 20日 | 14 |
| 21日 | 6 |
| 24日 | 57 |
| 25日 | 122 |
| 26日 | 8 |
| 27日 | 37 |
| 28日 | 66 |
| 29日 | 16 |
| 30日 | 1 |
| **6月** | |
| 1日 | 3 |
| 3日 | 33 |
| 5日 | 4 |
| 6日 | 33 |
| 7日 | 8 |
| 8日 | 13 |
| 10日 | 3 |
| 11日 | 13 |
| 21日 | 29 |
| 22日 | 50 |
| 25日 | 9 |
| 26日 | 10 |
| 27日 | 1 |
| 28日 | 3 |
| **7月** | |
| 1日 | 3 |
| 3日 | 2 |
| 19日 | 6 |
| 29〜30日 | 7 |
| **8月** | |
| 11日 | 2 |

（単位：名）

昭和20年4月17日以降の沖縄戦での陸海軍特攻戦没者の推移　特攻隊戦没者慰霊顕彰会編『特別攻撃隊全史』第二版を基に筆者作成

この間、菊水作戦とは別に陸・海軍合わせて二百四十八人が出撃し亡くなっている。

それ以降の沖縄戦で展開された特攻攻撃による陸・海軍の戦死者の数を特攻隊戦没者慰霊顕彰会のデータでみると、表のようになる。

沖縄戦が泥沼化し、敗戦が現実のものとなっていくに従って、日本軍が連日のように展開した特攻作戦による死者数は、たとえ国家を護るためという大義はあるにせよ、理解しがたい数字だ。多くの元特攻隊員や遺族の話を聞くにつれ、若者たちの殉国の思いを利用して、勝算のない戦場《いくさば》に場当たり的に特攻出撃を命じたという印象が強く、無計画で戦略のない軍首脳の方針に義憤すら覚える。まるで若者の命が将棋の「駒」のようではないか。

また、戦後八十年の間に、自らの命を差し出した若者を美談にするあまり、その陰にある特攻隊員の苦悩と、「忍」と「堪」で戦中戦後を過ごさざるを得なかった遺族の思いに対峙《たいじ》せず、むしろ遠ざける風潮が強い戦後日本の在り方には怒りを通り越して絶望すら感じる。

私は、国づくりには「感謝」が欠かせないと考えている。

私たちは、戦後日本の平和と安寧に感謝すると同時に、平和の礎となった英霊に感謝することを忘れてはならない。平時を生きることができていることは、決して当たり前ではない。数えきれない人々が味わった悲しみや怒りを歴史に埋もれさせることなく、現在の日本を考える手がかりにしなければならないはずだ。

## 最期を目撃していた沖縄県民

十五年ほど前、私は暫《しばら》く沖縄に住んでいた。その頃のことだ。

那覇市の飲食店で、たまたま知り合った八十代の女性と話をしていた。会ってすぐに打ち解け、話が弾んでいたのだが、暫くすると、なぜか険悪な雰囲気になってしまった。話し方で私が県外の人間だということが伝わり、女性が身構えてしまったようだった。

私は機会があれば沖縄のお年寄りに特攻隊について聞いてみたいと思っていた。その数日前、地元の報道関係者と食事をした際に、若い記者から「特攻隊は沖縄を助けにきたのではない。ほかのところへ飛んで行ったのだ」「戦艦大和は、沖縄を砲撃しに来た」と言われ、茫然《ぼうぜん》とする経験をしていたからだ。

特攻隊として突撃、散華した隊員の亡骸《なきがら》は遺族の元に戻って来ないばかりか、亡くなった場所も沖縄近海というだけで詳しい場所すら分からない。沖縄戦で特攻隊の最期を目撃できたのは、米軍と沖縄県民だけだ。最後の目撃者である沖縄県民の声を聞き、それを遺族に伝えたいとも思っていた。

かたくなになってしまった女性に、私は思い切って特攻隊の話を始めた。

「沖縄戦では多くの若者が特攻隊で亡くなっていますが、伊舎堂さんという石垣島の方も慶良間諸島で特攻を敢行しているのをご存じですか」

突然の質問に驚いたのか、一瞬、その場の空気が固まった。

不躾とは思ったが、私が以前から連絡を取り合って来た特攻隊員の両親や兄弟、婚約者らの話を例に、私の思いを説明すると、最初は怪訝《けげん》な表情で私を無視していた女性も、「実は……」といって口を開いてくれた。

「読谷村《よみたんそん》に住んでいたのですが、確かに特攻隊のことは覚えています。沖合に止まったアメリカ軍の船から容赦なく砲弾を撃ち込まれるのです。まるでシャワーのようでした。我々は外に出られないから隠れるほかなかったです。ある時、東の空から戦闘機が飛んでくるのです。それが特攻隊だと後で知りました」

女性はここまで話すと一息ついて続けた。

「戦闘機が現れると、アメリカの攻撃がピタッと止まって、攻撃の相手が戦闘機に変わるんです。一斉に特攻機に向かって撃ち始めました。私たちへの攻撃は止みますから、この間に畑に芋を掘りに行きました。我々は特攻機の姿が見えると、『有難う』『有難う』って手を合わせたものです。

ところが、どんどん撃ち落とされるんです。目の前で、特攻機が撃ち落とされるのを見ているうちに、『有難う。でも、もういいから帰って』と声を上げました。戦争が終わってから、特攻隊の人たちが若い人ばかりだったと知って、涙が止まりませんでした」

別れ際、私がお礼を言うと、

「沖縄では大きな声で話せないんですよ。もし、遺族の方に会うことがあれば、沖縄のオバアが『有難う』と言っていたと伝えて下さい」

と、彼女は静かに頭を下げて店を去って行った。

特攻作戦に大きな影響を与えたのは沖縄県地方の気象情報だ。『特攻に殉ず』に那覇市小《お》禄《ろく》の気象台班員の目撃証言が記されている。

日暮れ近くになると海上に散らばっていた敵の艦船は寄り集まって群れを作り、不夜城のようにイルミネーションを輝かせます（……）そこへ特攻機は首里の台上を掠《かす》めるように低空で一機また一機と飛んで来ます（……）特攻機は小禄の上空辺りまで来ると、必ず翼を振ってから沖へ向かいました。島を守る地上部隊への、最後のお別れだったのでしょう。途端に敵の艦船は一斉に明かりを消し、海は漆黒の闇に包まれます。と見る間に、艦船からサーチライトの光が一条、また一条と天空へ鮮やかに延び、その交差に特攻機が捕まります（……）敵が撃ち上げる対空砲火は、言葉では言い尽くせない程の凄さでした（……）その中で日本の特攻機がサーチライトにきっちり捉えられ、ヨロヨロしています（……）ほとんどが撃ち落とされてしまうのです。（……）ですから、敵の艦船に閃光が走り、命中を知らせる紅蓮の炎が鉄の島の一角から上がる時は、思わず万歳を叫びました（後略）

伊江島《いえじま》の住民の目撃証言も紹介されている。

（前略）海上にぎっしり集まった米軍の艦船は、あらゆる砲門を上空に向け、空が真っ黒になるほどの物凄い弾幕です。その外側を迎撃の米軍戦闘機が飛び回っている。この二重の関門をかい潜り、敵艦に突っ込むのだから、容易なことではありません（後略）

特攻隊の目撃証言に触れるたび、操縦桿を必死に握りしめ、ペダルを踏み、一直線に敵艦に向かっていく隊員の姿が目に浮かぶ。そして、自分がその立場になったとしたら彼らと同じように戦えるかと自問してみるが、自信がない。

## 五　非情な人間ロケット

### 脱出装置のない「人間爆弾」

「桜花」と書いて「おうか」と呼ぶ特攻兵器をご存じだろうか。特攻隊というと、まず思い浮かぶのは航空特攻だと思うが、昭和十九（一九四四）年春頃から日本軍は様々な特攻兵器を開発している。海軍は、魚雷を改造して操縦席を取り付けた人間魚雷「回天」や二百五十キロ爆弾を積んだベニヤ板製のモーターボートの「震洋《しんよう》」などを、陸軍も重さ約三トンの巨大な対艦炸薬を搭載、機体上部がこぶのように盛り上がった「さくら弾機」などをつくった。

「桜花」は、全長六メートルのアルミニウム合金の胴体に全幅五・一二メートルの木製の翼をつけた特攻兵器だ。降着装置はなく、頭部に通常の特攻機の五倍弱の一・二トンの徹甲爆弾を搭載、母機である双発の一式陸上攻撃機の胴体に懸吊《けんちょう》されて目標の敵艦まで運ばれ、近づいたところで切り離されるとロケット推進で滑降して特攻する。三本のロケット式噴射管を備えており、滑空だけでなく、自分でも推進力をもっているが、一本のロケットの噴射量は約九秒間と極めて短時間だ。脱出装置はなく、一度、母機から射出されると、生還不可能の「人間爆弾」だ。全高一・一六メートル、全重量は二二七〇キロ。水平時の速度は毎時六四八キロで、急降下突撃時は毎時一〇四〇キロにもなる。

この桜花を主戦兵器として編成される第七二一海軍航空隊（通称・神雷部隊《じんらい》）は、昭和十九年十月一日、茨城県・百里原航空基地で開隊、桜花隊と桜花を吊るして運ぶ一式陸上攻撃機（一式陸攻）隊、掩護の戦闘機隊で構成された。一式陸攻はそれまで機外に搭載していた爆弾や魚雷を機内に収容でき、対艦雷撃と対地水平爆撃ができる双発機で、桜花を吊り下げられるよう改造された。十一月七日には、神ノ池《ごうのいけ》基地（現・茨城県鹿嶋《かしま》市）に転出、本格的な訓練が始まった。

## 捨て石を覚悟

私の手元に古びた小冊子がある。「今日の話題　戦記版　神雷部隊記」（土曜通信社）だ。一冊三十円とある。昭和三十年五月に発行されたもので、神雷部隊の生存者や関係者の貴重な体験談が綴られている。この冊子に記された元隊員の体験談や私が直接聞いた関係者の証言から、桜花の初出撃の状況をみてゆきたい。

昭和二十（一九四五）年三月二十一日、鹿児島県の鹿屋飛行場は、朝から青空が広がっていた。午前十一時二十分、第七二一飛行隊長、野中五郎《のなかごろう》少佐（当時三十五歳、没後大佐）に率いられた十八機の一式陸攻が次々と出撃していく。うち十五機は、それぞれ、桜花隊第二

航空特攻兵器「桜花」（提供　共同通信社）

分隊長の三橋謙太郎大尉（当時二十一歳、没後中佐）が率いる桜花十五機を腹に吊るしている。十八機の一式陸攻は一隊六機の三隊編成。総指揮官の野中少佐が率いる一隊を中心に、あとの二隊が後方左右に続いた。追いかけるように一式陸攻と随行し掩護する直掩隊の零戦三十二機が出撃、上空で間接掩護にほかの基地から駆け付けた零戦二十三機が合流した。

出撃した隊員たちのライフジャケットには桜のつぼみが飾られていた。元来引締まった面立ちの三橋大尉が、日の丸を染めた鉢巻きを締め、短刀を腰に差した姿は若武者の出陣を思わせるようだったという。三橋大尉は胸に「祝出征海軍少佐刈谷勉」と書かれた白絹の頭陀《ずだ》袋を掛けていた。神ノ池基地での訓練中、殉職した刈谷勉大尉の位牌だった。出撃前、桜花隊員は遺品を白木の箱に納め、褌《ふんどし》も肌着もすべて新しいものに替えた。

内藤初穂《ないとうはつほ》の『桜花』（文藝春秋）によれば、三橋大尉は弟妹にこう手紙を出している。

昔の神風は人事を尽して天命を待つの賜物《たまもの》ですが、今亦果して必ず皇土を守る神風があるか。勿論神国日本には、必ずあると思いますが、それは人事を尽しての上の事です（抜）。

三橋大尉と一緒に出撃、散華した嶋村中《あたる》一等飛行兵曹（当時十九歳）はこう遺書を残している。

これより私は笑いながら唄いながら散ってゆきます。今春、靖国神社に詣って下さい。そこには幾多の戦友と共に、桜花となって微笑んで居ることでしょう。私は笑って死にました。どうか笑って下さい。泣かないで私の死を意義あらしめて下さい（抜）。

この嶋村の言葉は、全く憂いを感じさせず、何か憑《つ》き物が落ちたような印象を受ける。

「戦記版　神雷部隊記」には、昭和二十年三月二十一日の鹿屋基地は、神雷部隊の初出陣に興奮した雰囲気だったと記されている。

帽子を振りながら見送った鹿屋基地の元写真技術士の渡辺信一（当時十五歳）は、風防越しに見た操縦士の顔をはっきりと覚えていると言いながら、私の質問に、

「桜花は、一式陸攻の腹に、親子飛行機のように吊り下げられていた。靖国神社の遊就館《ゆうしゆうかん》に展示されている桜花の攻撃ジオラマそっくりの光景だった。一糸乱れぬ編隊飛行は見事というほかなかった」

と回想した。

出撃直前、野中隊の行方を左右する出来事があった。

三月二十一日の明け方、海軍の偵察機は、九州南東の宮崎県・都井《とい》岬付近で敵機動部隊を発見する。だが、上空に直衛の戦闘機が見えなかったため、日本軍の再三にわたる攻撃による損傷艦だと判断、桜花の出動を決定した。ところが、その後の偵察で、敵機動部隊は日本軍よりも強力な攻撃力を持つ部隊になっていることが判明する。重い桜花を抱えている一式陸攻は速度が遅く、敵戦闘機に群がられるとひとたまりもない。想定外の状況に出撃中止案も出されたが、第五航空艦隊長官の宇垣纏《うがきまとめ》中将は神雷部隊司令の岡村基春《おかむらもとはる》大佐の肩を叩き、「今桜花を出さなければ、桜花を出すときはないよ」と判断を示した。

宇垣中将は作戦遂行を命じたが、桜花作戦は果たして成功できるのか。「戦記版　神雷部隊記」には、この時、作戦の行方を危惧《きぐ》した岡村大佐が野中少佐に「(代わりに) 今日はおれがゆくぞ」と持ち掛けたが、野中少佐は「指令の出る幕じゃありませんよ。私がそんなに信用できませんか」と拒否したとある。そして、桜花隊分隊長の一人、林冨士夫大尉が「隊長、ご威力を祈ります」というと、少佐は、「うん」とうなずき、「湊川《みなとがわ》だよ」とポツリと返したという。

湊川とは、南北朝時代、楠木正成が負けると分かりながら出陣、足利尊氏《あしかがたかうじ》に敗れ、自決した湊川の戦いの事だ。

野中少佐については多くの逸話が残っている。

神雷部隊に配属される前、野中少佐は、大型機で夜間の魚雷攻撃を展開していた。その時考案した「車がかりの戦法」でタラワ、マキン方面の大戦果をあげている。神雷部隊第七〇八飛行隊長の足立次郎少佐によると、「野中は大型機専門《せんもん》の名物男」だったという。卓越した操縦技術で次々に戦果をあげ、「海軍随一」の胆力を持ち、飛行場で茶を点《た》てるような野中少佐に、足立少佐は「古武士のおもかげ」を見ている。

また、野中少佐は部下の気持ちをつかむことにも長《た》けており、「指揮所に南無《なむ》八幡大菩薩《はちまんだいぼさつ》と書いた幟《のぼり》を立てたり、搭乗員の集合には陣太鼓を叩いたり」して士気をあげていたという。

この陣太鼓については、部下の細川八郎中尉がこう言っている。

訓練の初《ママ》まりには陣大鼓を叩いて整列させ「宜しい」と届けると「天気は上々、元気一ぺエやってくれ」とか「野中一家の若い衆、用意万端整ったところで出発」という号令のかけ方だった。

若い搭乗員には、そういう心意気がぴったり合って、彼の部下であることに誇りを感じていた。

細川中尉が、野中少佐の独特な態度に「度肝を抜かれた」ことは、ほかにもあった。台湾から転勤になった中尉が、野中少佐に挨拶《あいさつ》に行った時のことだ。

「細川少尉（当時の階級）、高雄《たかお》航空隊から着任致しました。よろしくお願いします」という細川中尉に野中少佐は、「まアまア、おひかえなすって—若けい身空で、遠路はるばる御苦労さんなこってござんす」と言ったのだ。

細川中尉によると、野中少佐は「当時の若い搭乗員に、武神の如く」思われ、「野中さんに指揮されれば、絶対大丈夫という心強さ」を与える指揮官で、彼らは少佐に「心酔」していたという。

野中少佐と海軍兵学校の同期でもあった足立少佐はこうした野中少佐の行状について、『海軍陸上攻撃機隊』（今日の話題社）で、野中とは兵学校も同期であり、昔からの親友であったが、その後たえて久しく会うこともなく（……）その後風の便りに、彼の一風変った部隊の指揮振りは聞いていたが、実際に来て見て驚いた。

彼の指揮所の前には、折からの寒風にあおられて、南無八幡大菩薩、非理法権天《ひりほうけんてん》の大きなのぼりが翻っている。指揮所の入口には野中一家屯所と墨痕あざやかな大きな看板がかかっている。整列の時には大きな太鼓をドンドンと打ち鳴らす。また隊員たちの話す言葉もどうやら一風変っているという、これはまさに驚きであった。


と記している。

野中少佐の兄、四郎《しろう》大尉は、昭和十一年二月二十六日の二・二六事件の蹶起《けっき》趣意書の筆頭名義人だった。少佐は兄の写真を終生、身に付け肌身離さなかったという。

一見すると猪突猛進《ちょとつもうしん》のようにも感じるが、『桜花』によると、野中少佐は出撃が決まる前、林大尉に桜花作戦についてこう語っている。


林、桜花は駄目だよ。俺はもともと特攻など好きでない。俺でなければ隊長がつとまらないと言うから、迷惑千万だったが、受けたまでだ。桜花攻撃には、陸攻隊の最精鋭を連れてゆく。しかし、昼間強襲をかければ、敵に食われるに決っている。俺は敵に一泡ふかせてから、部下もろとも全滅する。全滅して、捨て石になる。

（……）

だから、林、後は何とかして桜花の使用をやめさせてくれ

林大尉は、野中少佐の言葉を遺言として受け取ったが、止める事はできず、そのまま桜花作戦は続行された。

## グラマン五十機と抗戦

岡村大佐の不安は的中した。まず、直掩隊と間接掩護にあたった零戦は、エンジン不調のため途中で引き返す機も多く、最後まで一式陸攻を掩護できたのは三十機余りだった。

「戦記版　神雷部隊記」に語った直掩戦闘機の搭乗員の報告によると、野中隊の十八機の一式陸攻は、離陸後、九機ずつ二中隊の編隊を組んで、九州東南方の海上を高度三千メートルで航行、零戦の掩護機三十二機はぴったりとその上方についていった。鹿屋基地を出撃して約三時間、午後二時頃、敵艦隊まで五、六十カイリ（約百キロ前後）の地点で、敵グラマン五十機の邀撃に遭う。

圧倒的多数の敵グラマンに取りつかれては戦闘機は掩護の役目を果すことはできなかった。攻撃機は、それぞれ群がるグラマンに取りつかれた。

（直掩戦闘機搭乗員）

「戦記版　神雷部隊記」から戦況を再現する。

攻撃機は編隊を乱さず、応射しながら桜花を抱える一式陸攻に続いた。

最後尾の一機が火を噴き始めたが、火に包まれながらも編隊を崩さない。やがて火が回り、編隊に付いて行けなくなると、翼を振って隊長機や僚機に別れを告げ、そのまま真っすぐ海に落ちていった。

グラマンは縦横無尽に激しい反復攻撃を繰り返した。零戦は二機、三機と火を噴き始めたが、それでも編隊を崩さず、機銃で応射を続ける。やがて火だるまとなり、翼を振って一機また一機と海に落ちていった。中には隊長機に敬礼をする操縦者もいた。

劣勢の零戦隊はグラマンの激しい攻撃に野中隊の一式陸攻から離れていった。

最後に三機が残った。その三機の先頭は野中隊長であった。僅《わず》か三機になった野中隊長と、つづく二機は、遥《はる》か下方の雲の中に突きこんでいった。それっきり野中隊長と外の二機がどうなったかわからなかった。

（直掩戦闘機搭乗員）

艦載機グラマンの奇襲攻撃にあい、一式陸攻は、桜花を投下する間もなく次々と撃墜され、十八機を失った。桜花も十五機が海に消えた。

この作戦で神雷部隊は、「桜花」隊十五人、一式陸攻隊百三十五人、零戦隊十人の計百六十人を失った。

## 訓練から死と隣り合わせ

野中隊が米軍相手に苦境にある頃、大分県の海軍宇佐《うさ》飛行場に複雑な心境で戦果報告を待っている桜花隊員がいた。この日出撃した三橋大尉と海軍兵学校の同期で桜花隊第三分隊長の湯野川守正大尉（当時二十四歳）だ。

湯野川は、前年の昭和十九（一九四四）年十二月二十三日、三橋大尉と一緒にルソン島のクラーク基地から出撃し、桜花でレイテ湾内の大型敵艦に突入するはずだった。

ところが、同月十九日、搭乗予定の桜花を搬送中の空母が米軍の攻撃を受け沈没、桜花を喪失したため、出撃は見合わされた。一度は一緒に特攻出撃するはずだった三橋大尉の戦死に湯野川の胸中に去来したものは何だったのか。

湯野川は麻布中学校から海軍兵学校へ進み、昭和十九年十月一日、百里原航空基地に神雷部隊が編成されると、桜花搭乗員を志願。十一月には桜花隊の第三分隊長となった。

湯野川は、「別冊歴史読本　海軍航空隊とカミカゼ」（新人物往来社）の中で、

一九年八月中旬に、海軍練習航空隊の全部隊と内地の航空部隊で、必死攻撃兵器搭乗員の募集が極秘裏に実施された。私は筑波空（戦闘機練習航空隊）にあって応募した。私の場合、心を決めるのに長時間を必要としなかったが、翌日「熱望」の二字に氏名を書き飛行長に提出した。

この時期における応募の決心は当人任せで応募を強引に勧告した航空隊の存在は全く聞いていない。

と述べ、特攻隊を志願した理由をこう語っている。

特攻応募の我々の判断は現在の平和に生きる人々には推測は無理である。自分自身をその渦中におき、当時得られた範囲の情報により決意しなければならなかったのだから。第三者の理解は到底得られるものではない。（……）一つしかない命ではあるが、どう使うのが有効かの判断に基づき自己の行動を決めた戦士がいたことを確信している。

戦勢挽回への激しい戦意と焦燥にも似た気持は、ここに真の有効な方策が見出されたならば、直ちに結びついていくのが、むしろ自然の成り行きであったと思っている。
緒戦の優位も崩れ、じりじりと押してくる巨大な敵との戦いに、先輩、同輩が次々に斃《たお》れていく中で、自分だけが生き延び得るものとは考えなかったし、後に続く者を信じつついつかは自らも斃れるであろう運命を確信していたときの兵器、戦法の選択である。

湯野川は昭和二十年一月二十八日、第三分隊を率いて、足立次郎少佐が率いる攻撃第七〇八飛行隊と宮崎基地に進出。その後、足立隊と宇佐基地に移動、出撃に向けての訓練を続けた。

この訓練について、湯野川は、

桜花隊員の訓練は「桜花」の操縦と着地ならびに零戦を使用しての接敵襲撃訓練であった。「桜花」に車輪はない。陸攻が投下する桜花機の性能を自らの操縦により確認した後に、神ノ池基地第二飛行場二三〇〇メートルの砂地に胴体についた橇《そり》で滑り込む。機の降下スピードは速く、かなり危険を伴う飛行であった。着地のやり直しはもちろんできない。訓練事故は三件あり、内二件は殉職となった。

と訓練そのものが死と隣り合わせだったと綴っている。

三月十七日、足立少佐を指揮官とする攻撃第七〇八飛行隊と湯野川大尉率いる第三分隊に出撃命令が出た。出撃命令は前年の十二月に続いて二度目だ。

『海軍陸上攻撃機隊　九六陸攻・一式陸攻隊戦記集』（今日の話題社）に収録されている足立少佐の「わが陸攻隊戦記」には次のように書かれている。


直ちに一式陸攻一八機を用意し、小生が指揮官として乗り込み、桜花隊は湯野川大尉が指揮官で、私の機に乗り込むことにして、出撃準備を令し、直ちに飛行場に出撃、搭乗員の整列を命じ、所要事項を命令した（……）命令が終って解散を命じ、水杯を用意してある格納庫前に行こうとした途端、敵艦載機の電光のような空襲を受けた。それは何の前ぶれもなく真にアッという間の出来事であった。

飛行場にならべてあった飛行機のほとんどが炎上または大破損傷してしまった。


湯野川大尉の出撃も中止になった。

その後、湯野川大尉は富高《とみたか》基地（現・宮崎県日向市）に移り、鹿屋基地を支援する訓練基地として、搭乗員を養成、逐次、前線に送り出すようになった。

## 天皇陛下に関わる密命

神雷部隊は昭和二十（一九四五）年八月二十一日、小松《こまつ》基地（現・石川県小松市）で解散する。だが、湯野川の戦争は終わらなかった。密命が下されたのだ。

翌八月二十二日、零戦を操縦し、単独で徳島の第二徳島基地に向かった。この時点で、自殺したとして生存者名簿から名前が消され、新しい名前が用意されていた。

広島県広島市田中《たなか》町十四番地出身、七二三空一等整備兵曹　吉村実《よしむらみのる》

ニセの復員書が作成され、潜伏費用として二万円が支給された。湯野川は、潜伏場所に知人のいない山陰地方を選び、島根県の温泉津《ゆのつ》町に居を構えた。

密命は昭和二十年十二月十二日に解除され、翌二十一年一月下旬、疎開先の山形県米沢《よねざわ》市の父親の実家に戻る。

平成二十七（二〇一五）年六月、戦後七十年を機に、湯野川に桜花の話などを直接聞こうと連絡をとった。しかし、この時湯野川は体調を崩して入院しており、妹で作詞家の湯川《ゆかわ》れい子に話を聞くことができた。湯野川は元号が令和と変わった二〇一九年七月二十日、九十

八歳で亡くなっている。

戦後の密命については、湯川は「軍の機密事項だから詳しくは聞かなかった」と前置きした上で、

「兄から聞いた話だと、極東裁判などで天皇陛下に戦争責任が及んだ場合、陛下をどこかにお逃がせするという作戦があったようです。終戦時、自決しようと思ったようですが、その時間も与えられず、呼び出されて『地下に潜ってくれ』と密命を受けたようです」

と話した。

## 母は泣き崩れた

湯野川は四人兄弟の次男だ。長男の忠成は大学を卒業すると、陸軍に入り、フィリピンで戦死している。

湯野川が特攻隊員だったことは、父親の忠一（享年六十歳）も母親の芳子（同九十二歳）も、湯川も最初から知っていた。湯川は終戦当時、九歳だった。

湯川は当時を思い出しながら、

「私が記憶しているのは、時期は定かでないけれど、昭和二十（一九四五）年の三月ぐらいかな。今日、突っ込むというときに、兄がラジオで挨拶していた。私は疎開先の父親の故郷の米沢で聞きました。『自分はこれから攻撃に出ます』って。母親が『今日、お兄様がラジ

オでお話になるからちゃんと聞きましょう』と言いましたので、母と二人で正座してラジオを聞きました。たぶん午前中だったと思います。『出撃する』という兄の声を聞いた母は何も言わずに、毅然として聞いていました。それで私も母も、全員、兄は死んだものと思っていました」

と話し、言葉を繫いだ。

「八月十五日の玉音放送は、米沢の仏間の隣の部屋で正座して聞きました。その時か直後かは記憶は定かではないですが、母は、父が私がお嫁に行くときにと、用意した短剣を私の前に置いて、『もし、アメリカ兵が来て何か辱めを受けるようなことがあったら、これで自害しなさい』と言って、自害の作法も教わりました。

父は十九年に病死して、やがて陸軍にいた上の兄がフィリピンで戦死したという通知が来て、二番目の兄も特攻に行っていたし……。兄の戦死の通知が来たときは、私は八歳か九歳でよくは覚えていませんが、母が泣いているのを見たことがありません。母は戦後、随分経ってから、私が白無垢《しろむく》の着物を着て、お嫁に行くのが夢で、私が嫁いだら、『私はお父様の所に行く』と言っていました」

湯川は昭和四十四年頃、芳子に、

「自分のお腹を痛めた子供を戦争にとられて、一人は戦死して、一人は特攻で突っ込んで死んだと思っていて……よく気が狂わないで生きていらしたわね」

と言ったことがある。この問いに芳子は、

「私一人がそうだった訳じゃないのよ。日本人がみんなそうだったし、ましてや自分は軍人の妻だったのよ。涙なんか見せられるわけないじゃないの」

と答えた。湯川がまた、

「でも、見せないでいられることはすごいこと。私だったら、それが正しいとは思わないから、泣きわめくわ」

と言うと、芳子は、

「そうよね。そりゃそうよね。私だって泣きわめきたかったわ」

と泣き崩れたという。

## 戦争を知っている人間として生きる

昭和二十一（一九四六）年一月下旬、疎開先の米沢の父親の実家に戻った湯野川は、下関《しものせき》掃海隊の指揮官や長崎・香焼島《こうやぎ》でのサルベージ、海上警備隊などを経て、昭和二十九年、海上自衛隊が発足すると即座に入隊した。

湯川は湯野川が自衛官の道を選んだ経緯を鮮明に覚えていた。

「また、戦争になったら出て行かないといけないじゃないの」と猛反対する母親に、湯野川は、「二度戦争が起きると、もう止められないんだ。二度と戦争を起こしてはならない。戦争を知っている人間にしか、戦争は止められないんだぞ」と一歩も引かなかった。

三沢《みさわ》基地にいた頃はよくソ連のスクランブルがあった。もし、ソ連が日本に上陸してきたら三時間もたないぞ。

もし、終戦の時に、ソ連が日本に進駐していたら、日本はもっと大変なことになっていたぞ。

湯野川と湯川は防衛論議をよく交わした。夜を徹することもあったという。

大戦末期、停戦に持ち込めないなら徹底抗戦、本土決戦論が強まっていたことについて、湯川が、

「本土決戦に持ち込むというのは非常に無責任だ。そこには非戦闘員である老人や女、子供がいるんだから。あれだけ戦争が大変な状況になって、弾一つ作れない状況になって、誰が見たって勝ち目がないのは分かっていた。（特攻隊は）それでも突っ込んで行って。すでに物量作戦として負けているじゃないですか。それでも止められなかったのはなぜ？

と問い詰めると、湯野川は、「今まで、戦って負けた国というのは、民族というのは、二度と立ち上がっていないんだ。だから、最後の最後まで、戦《いくさ》というのは負けちゃあいけないんだよ」と言った。

湯川がさらに、

冷静に考えればそうかもしれないけれど、私に言わせれば、結局、だれも責任を取れないいんじゃないの。傷痍《しょうい》軍人を見た時、国のために戦った人がなんでこんな惨めな思いをしなくてはいけないの、この人たちは一生懸命戦ったのに、だれがこの責任を取るの？　って思った。結局、国は責任を取れないんだということを嫌というほど知った

と執拗に持論を展開すると、湯野川は、

確かに、君におろかだと言われれば、おろかだろう。でも、そういう状況になった時に、男は戦うほかないだろう。僕の中では、そんな疑問はなかった。

兵隊はおかしいとか、おかしくないとかを判断する立場にないんだよ。それが軍隊というものだ。命令さえあれば、それを実行するほかないんだよ。

湯川が、「それじゃ、もう軍を作っちゃいけません。徹底して不戦をかかげるほかないんじゃない。自衛隊を軍隊にすべきではない」と食い下がったが、湯野川は、

分かった、分かった。理想としては君の言う通りだ。君は君の信念を貫きなさい。でも、そんなに話の分かる国々ばかりじゃないんだよ。いつ牙をむいてくるかも分からないんだよ。その時に、やはり護らなければならないのは男なんだ。その護りは、鍵《かぎ》をかけることも含めて、色々考えないとダメなんだ。


と、二人の主張は平行線のままだった。

湯野川の言葉からは、心の奥底にある敗戦の悔しさと、敗戦の経験を生かして国を護りたいという切実な思いが伝わってくる。

湯野川はその後、国際情報調査二課長や航空実験団司令などを歴任して、昭和五十一年七月、空将補で退官した。

湯野川も、ほかの元特攻隊員と同じように〝生き残った〟ことへの自責の念が強かった。

湯川は言った。

「兄が密命を解かれて正式に帰ってきてからの話ですが、夜中に飛び起きるんですよ。もの

すごくうなされて、『行くなー。まだ、行くなー。まだ死ぬなー‼』と叫ぶのです。精神的に少し変でした」

湯野川が落ち着きを取り戻したのは、昭和二十二年十一月、温泉津《ゆのつ》に潜伏中に知り合った若林久子（享年七十八歳）と結婚してからだった。当時、湯野川は二十六歳、久子は二十一歳だった。

「特攻隊のことは何回か話したことがある。桜花で若い人たちを七十人から八十人出撃させた。みんな、優秀な青年たちで、明るく笑っていったんだよ。何回も、自分を出撃させてくれと頼んだが、最後まで出撃させてもらえなかった」

が口癖で、私が湯川に会った当時、湯野川は九十四歳だったが、病床から「自分はこんなに生きていていいのか」と話していたという。

自衛官の任務の傍ら、特攻隊員の慰霊祭には必ず、参列し、遺族と連絡を取り合うのが戦後の一貫した〝仕事〟だった。

桜花隊の隊員が、いつ、どこで散華したのかを徹底的に調べ上げた。

小松基地で終戦を迎えたとき、桜花の隊員らと、三年後の三月二十一日に再会することを約束した。昭和二十三年三月二十一日、元神雷部隊の隊員四十人が靖国神社に集まった。さらに三年後の昭和二十六年三月二十一日、再会した元隊員は、毎年秋分の日に靖国神社で慰霊祭をすることを決めた。

湯川は、

「兄の亡くなった特攻隊員の人たちへの思い、そしてご遺族への対応は、頭が下がった」

と話した。

## 最期の様子を伝えたい

湯野川のように、戦友や見送った特攻隊員の面影が脳裏から離れないという関係者は多い。冒頭で紹介した渡辺信一も重いなにかを背負った一人だった。私が渡辺に話を聞くため新潟県新発田《しばた》市を訪ねたのは平成二十七（二〇一五）年六月。渡辺は当時、八十六歳だったが、鹿屋基地でのことは鮮明に覚えていた。

渡辺は、昭和二十（一九四五）年二月二十五日から鹿屋基地に配属、飛行兵が撮影してきた航空写真を基に航空地図を作製したり、戦死した兵の遺影を作成し遺族に送ったりする仕事をしていた。

「寝泊まりしていた三角兵舎は掩体壕《ごう》の近くの雑木林の中にあった。特攻隊員とは一緒じゃなかった。桜花の搭乗員はどこにいるかなどの動向は全く知らされなかったから交流はなかった。隊員の士気に影響を与えるからでしょう」

昭和二十年三月二十一日朝、出撃のために桜花を吊り下げた一式陸攻を掩体壕から滑走路まで押して運び出すのを手伝った。当時、鹿屋には毎日のように米軍の艦載機が襲来していたため、本物の一式陸攻が爆撃されないように、飛行場には竹を組んだ一式陸攻の模型を作り、それに藁《わら》を編んだカバーをかぶせて、米軍の目をそらす工夫をしていた。

「桜花は一式陸攻から離脱すると絶対に帰って来れなかった。桜花の搭乗員はもちろん、一式陸攻の搭乗員も突っ込むつもりでいたから、言葉なんか交わすことはできなかった。みんな無言だった」

一式陸攻を滑走路に運ぶ途中、一人の飛行兵に肩を叩かれて小さなメモを渡された。会話はなかったが内容は想像できた。誰にも気づかれないように素早く、作業服の胸ポケットにしまいこんだ。

ところが、その後、不注意で作業服を洗濯してしまい、メモをなくしてしまった。渡辺は戦後、メモを渡した飛行兵の遺族を捜して回った。だが、名前はおろか一式陸攻の搭乗員なのか、桜花の搭乗員なのかも分からない。手がかりはなかった。

「不注意ではすまされない。ただ、ただ申し訳なくて……。戦争が終わっても、それだけが心残り」

メモの主の遺族を捜しているうちに、桜花の遺族は隊員の最期を知らないことに気づいた。それからは三月二十一日に、鹿屋飛行場で自分が目撃した出撃の様子を遺族に話すようになった。

「最後の様子を聞かせて貰うだけでも有難い」

と言われ、半日かけて話したこともあった。

渡辺は、

「自分は特攻隊員ではなかったが、見送った一人として、出撃して行った隊員の最後の様子を伝えたい。それがせめてもの償い」

と話した。

桜花作戦は、終戦まで十回展開、五十五機が出撃した。しかし、戦果は昭和二十年四月十二日に、土肥三郎中尉が搭乗した桜花が沖縄近海を航行中の米駆逐艦を撃沈したのみで、多くは目標にたどり着く前に撃墜された。この間の神雷部隊の戦死者は四百三十人にのぼった。

## 六　「後に続くを信ず」が問いかけるもの

### 託された思い

多くの特攻隊員が遺書などに残している言葉がある。「後に続くを信ず」という言葉だ。ある日、突然、自分の目の前に立ちはだかる「死」。逃れられない死と直面した特攻隊員たちが残した言葉から、彼らが何を考え、何を伝え、残したかったのかを考えたい。

人間魚雷「回天」を考案した海軍機関学校五十一期の黒木博司大尉（当時二十二歳、没後少佐）は、妹に古事記《こじき》を読むことを勧め、こう伝えている。

昭和十六（一九四二）年六月十九日付書簡

以前に送りました古事記を語った「神代の話」と言う本は読みましたか（……）皆未《ま》だ生れていない明日の世界の子供達に望みをかけているのです。その子供達が日本に生まれたその日から立派に日本人としての教育をして（……）物資の統制などしなくても皆が自分を忘れて御国の為に捧げる日本の本当の姿にかえる日を未だ生れない明日の日本、十年二十年後の日本の子供に望みをかけているのです（……）御国に御奉公する日本人の真の子供を造り教育するのは言うまでもなく教ちゃん達ですよ。しっかりしっかり本当に心して勉学をしなくては駄目です。此の勉強というのは英語とか図画などではありません。本当に御国の為を思う真心の勉強です。

女子の教育は妻の教育ではない。母としての賢母としての教育である。母であること、現在女子にはこの気持が覚悟が足りない。（……）その心構でやっていれば総てが母としての教養となります。

昭和十七年九月三十日付書簡

立派な日本女性となるとの御覚悟、それには歴史を学ぶこと、日本の正しい姿を納得し、之に力めて子の鑑《かがみ》となり、以て君に仕えまつる人を作る母たらんことを。

第三章で述べるが、黒木大尉は回天を考案する際、敗戦の一因として人材不足を嘆いている。死を決意した大尉が妹へ宛てた手紙には、子供の教育の重要性が繰り返し綴られており、どのような気持ちで妹にその後の日本を託したかが分かる。

回天の菊水隊で出撃した佐藤章少尉（当時二十六歳、没後大尉）は妻に、

俺にとっては、日本一の妻であった

と、感謝の言葉を伝えたあと、

小生はどこにおろうとも、君の身辺を守っている。正しい道を正しく、直く生き抜いてくれ。子供が生まれたら、ただ堂々と育て上げてくれ。いわゆる偉くすることも要らぬ。金持ちにする必要もない。日本の運命を負って、地下百尺の捨て石となる男子を育て上げよ。小生も立派に死んでくる。充分身体に気をつけて、栄えゆく日本の姿を小生の姿と思いつつ、強く正しく直く生き抜いてくれ。

と子供の未来を託している。

冒頭で述べた「後に続くを信ず」という言葉を最初に使ったのは、ガダルカナル島で戦死した第三十八師団歩兵第二二八連隊の若林東一《わかばやしとういち》中隊長だと言われる。若林中隊長は、地獄絵図と化したガダルカナル島で毎日欠かさず日記をつけており、その裏表紙にこの言葉が記されていたという証言がある。

仲間が次々に斃れ、自分もいつ死んでもおかしくない状況で、若林中隊長は何を思いこの言葉を記したのだろうか。日本が勝つまで戦争を続けることを信じるという意味なのか、それとも、戦争の結果の如何にかかわらず、自分たちに代わって、日本という国を護って欲しい、復興して欲しいという思いを託したのだろうか。その意味は如何様《いかよう》にもとれるが、私がこの言葉から受け取るのは、「将来を託す」という強い思いだ。

## 変貌した日本人

敗戦後、アメリカ占領軍の元で日本人は大きく変貌した。それは、特攻隊員たちが託した思いを無残なほどに裏切るものだった。

昭和二十（一九四五）年四月十三日、鹿児島県・知覧飛行場から第一〇三振武隊として出撃、沖縄近海で特攻を敢行した岩井《いわい》定好《さだよし》伍長（当時十九歳、没後少尉）の家族も変貌した日本人に翻弄された一家だ。定好伍長の弟の鉞男《えつお》（当時八十六歳）に初めて会ったのは二十年余り前。鉞男は令和四（二〇二二）年十二月三十一日、九十四歳で亡くなったが、それまで、知覧の特攻平和会館での慰霊祭に一緒に参列するなど事ある毎に連絡を取り合い、岐阜県の自宅で、伍長の手紙や遺品を前に両親の話などを聞いてきた。

息子を奪われた両親の深い悲しみは前作『「特攻」と遺族の戦後』で詳述したが、悲しみは息子を失ったことだけではなかった。

日本が戦争に敗れると、特攻隊員の両親の悲しみに追い打ちをかけるように環境が変わった。鉞男は当時を振り返って言った。

「親父は『米軍が来る』『証拠書類になる』と言って、遺品の鉢巻きやアルバムを全部燃やしてしまった。特攻隊員だったことをひた隠しにしていた。おびえていた。兄貴の遺品で唯一残したのは、純毛製のセーターだけで、親父はぼろぼろになってもいつも身に付けていた」

敵は米軍だけではなかった。家族に特攻隊員がいたことで岩井家に対する周囲の目が一変したのだ。

「戦時中は軍神と称えられていたが、戦後、復員した兵隊に『特攻隊に行くようなものはクソダワケ』と言われた。一番バカにした言葉だが、その時、私も、兄貴は犬死だったかなって思った」

特攻隊の第一号として出撃した神風特別攻撃隊敷島隊の関行男大尉の母親サカエは、戦中は軍神の母として崇《あが》められていたが、終戦後は戦争犯罪者の母として顧みる人もなくなる。その後は愛媛県内の山深い小さな小学校に住み込みでひっそりと暮らし、昭和二十八年、五十五歳（一説には五十七歳）で亡くなった。

鹿児島県・知覧飛行場で多くの特攻隊員を見送った神坂次郎《こうさかじろう》は自著『特攻　還らざる若者たちへの鎮魂歌《レクイエム》』（ＰＨＰ研究所）で、怒りを込めてその変貌ぶりを綴っている。

戦後、「マッカーサー神社を建てたい」とか「日本をアメリカの州に加えて欲しい」と手紙を送りつけた日本人もいたようだ。神坂は、ある女学生の証言を紹介している。戦時中、動員女学生を集め、手にしたカミソリで頸《けい》動脈を切る仕草を見せながら「我々軍人は上陸してくる米軍と戦い玉砕するが、米軍が侵入してきたときは、みな大和撫子《なでしこ》らしく自決してくれ」と訓示した陸軍大尉が、敗戦直後、アロハシャツを着てアメリカ軍の通訳をしていた。それを目撃されると、「『英語が出来るのを見込まれ、米軍との折衝に当たったっちょったが、待遇がよかったしサラリーも日本軍の何倍もあった』と誇らしげに話していた」というのだ。女学生は「いまでもあの時の大尉の顔を思い出すと虫唾《むしず》が走り怒りに身体が震える」と語ったそうだ。

神坂は、四人のわが子を失った老母のケースにも触れている。

女性の長男は大使館一等書記官としてビルマ（現・ミャンマー）からの帰国途中、乗船した船が米海軍の潜水艦に撃沈され殉職。次男はニューギニア島で高射砲隊の小隊長として戦死、三男は海軍兵学校を首席で卒業、駆逐艦の砲術長としてラバウルからの帰航途中、敵艦載機の襲撃を受け戦死、四男は陸軍予科士官学校から航空士官学校に進み、第六十振武隊長として宮崎県・都城《みやこのじょう》基地から出撃、特攻戦死した。

四兄弟の壮烈な活躍は町の誇りだった。国民学校の子供たちは、教員から軍神の家の前を通る時は敬礼するようにと教えられていた。ところが、敗戦と同時に世間の目は一変した。町民は人変わりしたように、かつては子供たちが敬礼していた軍神の家に悪口を浴びせかけた。やがて母親は病気になり、入院生活を送るが、母親はその病床から従妹に宛てた手紙で次のように詠んでいる。

うらぶれて　袖に涙のかかる時
　人の心の　奥ぞ知らるる

昭和十九年十一月二十七日、レイテ湾内の敵艦船に突入した八紘《はっこう》隊の善家善四郎少尉（当時二十四歳、没後大尉）の妹はこう追懐している。

「敗戦後、心ない人に特攻隊は国賊だなどと言われました折、母と私は抱き合って号泣致しました。あまりにも無残な言葉でした」

## 究極の「自己犠牲」

人間魚雷回天の搭乗員として出撃、散華した特攻隊員（当時二十二歳、没後大尉）は、母親への手紙で、自分の「死」にどういう価値をつければいいのか、自分の命を何に捧げるのか、を思い悩んだと吐露。その上で、訓練が始まると、様々な思いは消え、なすべき仕事を淡々と遂行できるようになり、

さあ、これから寝ようか

というような気持ちだったと記している。

そして、

ただあるがままに最善を生きて行け、そうすれば死も生もすべてがうまくゆく

と考え、

私は最後まで生を楽しみ、安らかな気持ちでポッとこの世から消えてゆく

と、自らの答えにたどりついている。

自分の命を懸けることを受け入れる葛藤を、平時を生きる我々が当時のように理解することは容易ではない。敗戦の事実があるだけに批判的になることは仕方がないとも思う。だが、想像を絶する葛藤を克服し、肉親の恩愛を振り切り、従容と出撃していった彼らは、微笑みさえ湛《たた》えていた。

私が触れることができた特攻隊員や遺族の言葉は、ほんの一部にすぎない。しかし、その言葉が伝えてくれるのは、自らの命を差し出すことで、家族を、大切な人を、日本を護りた

いという偽りのない気持ちと、誰かに強制されたからというだけではない強い自己犠牲の精神だ。日本の明日を考えるためには、特攻隊の是非論とは別に、「後を託す」とバトンを渡されながら、戦後日本が踏みつけにしてきた彼らの思いと向き合うことから始めなければならないのではないだろうか。

# 第二章　見送った者たち

# 一　終わらない終戦――母

## 国にあげた子供

　昭和五十二（一九七七）年五月二十八日。自宅で長男の三十三回忌法要を終え、墓前で線香をあげようとした瞬間、七十五歳の母親は、長男の名前を繰り返し叫びながら、墓石にもたれかかるように泣き崩れた。

　そんな母親の姿を家族が見たのは初めてだ。激しくとり乱す母親に三男が掛け寄り、自分に寄りかからせてどうしたのか聞くと、母親は泣きながら、「今まで日本の国にあげた子供やったんや。天皇陛下にあげた子供やったんや。でも、今日の三十三回忌でやっとわしの子供になったんや」と答え、わっと大声を出して墓石にしがみついた。

「それまでは、手柄を立ててお国の役に立ってもらいたい、国の役に立ってくれた――という嬉《うれ》しさを持ってあったんやろな。だから、それまで兄の話をしても悲しむような顔を一つもしなかった。泣かないもんやと思っていた。でも、自分の腹を痛めて産んだ子を思う気持ちはあるんだと。生みの親の姿を見た。びっくりしました。五分間ぐらい座り込んだまま泣いていた。その泣き声は今も耳に焼き付いています」

母親が戦争の呪縛《じゅばく》から解き放たれた瞬間だった。その後は二度と恨み言を口にすることはなかった。

女性は中西時代《ときよ》（享年八十三歳）。時代の長男、伸一《のぶかず》少尉（没後大尉）は、昭和二十年五月二十八日、陸軍特攻隊第五四振武隊の隊員として鹿児島県・知覧飛行場を出撃、沖縄近海で特攻を敢行、散華した。二十二歳だった。

中西少尉は和歌山県日高《ひだか》郡和田《わだ》村（現・美浜《みはま》町）出身で六人兄弟の長男だった。地元の和田尋常高等小学校から日高中学校（現・日高高等学校）を経て、当時、小学校の校長をしていた父、介造《すけぞう》（享年八十六歳）の後を継いで教員になろうと和歌山県師範学校へ。昭和十八年春、卒業すると、五月頃から母校の和田尋常高等小学校の教壇に立った。この年の十月、教員資格を取得し正式に教員となったが一ヵ月足らずで退職、陸軍特別操縦見習士官に志願した。

昭和十八年秋は、戦況が激しくなっていた時期。当時十二歳だった三男の小松雅也は、ある夜、兄と父親が声を潜めて相談していたのをはっきりと覚えている。

「兄が父親に『戦争が激しくなってきた。教師をしているときじゃない。飛行兵にならにゃあ』と迫っていたのです。父親は黙ってうなずいていました」

小松は当時の二人の気持ちを、

「当時は国のために忠義を尽くせと教えられていたから、兄貴が飛行兵を志願したのは当然だった」

と振り返り、

「父親も母親も反対しなかった。むしろ喜んでいたと思う」

と続けた。

陸軍に進んだ中西少尉は三重県・明野《あけの》航空隊と福岡県・大刀洗航空隊を経て鹿児島の知覧飛行場に配属される。

私が小松雅也から話を聞こうと和歌山県・美浜町を訪ねたのは戦後七十年が経った平成二十七（二〇一五）年。小松は当時八十四歳だったが、両親をはじめ中西少尉を取り巻く人たちの戦争と向き合う姿を詳細に語ってくれた。

小松の証言に沿って、少尉の行動と周囲の人々の心をたどりたい。

## 「わしは軍神になる」

少尉は、陸軍に進んだ後、知覧飛行場から出撃するまでに二度、実家に帰っている。

一度目は昭和十九（一九四四）年暮れ。突然、実家に戻ってきた少尉は、両親や兄弟が揃うといきなり、「話がある。実は特攻隊を志願した」と告白した。家の中は一瞬、静まり返ったが、父親の介造が、「そうか」と一言言って頷くと、母親の時代が「伸一、お国のためにしっかり手柄立てるんやで」と大きな声で言い、少尉の手を握りしめた。涙はなかった。

当時、中学三年生だった小松は、時代の毅然《きぜん》とした態度を覚えている。

「家族全員で頑張れと応援した。特攻隊は必ず死ぬのは分かっていたが、それより、息子に国のために役立ってもらいたいという思いの方が強かったのだと思う。兄貴の特攻志願は中西家にとって誇りだった。当時はどこの家庭でもそうだったんでしょう。かわいそうとは思わなかった。私自身も、戦争が長引けば、当然、行くべきだと思っていたし、覚悟もできていた。男として当たり前の道だと思っていた」

少尉は一泊して帰って行ったが、家族で見送りをした記憶はないという。

年が変わり昭和二十年になると、新聞やラジオは連日、特攻隊の出撃を報じた。

夕食時に父親が何度となく、「伸一もそろそろ突入する時分やろな。否、もう出撃したかもしれんな」と話すようになった。時代も、「そうやな。もう突入しているかもな」と言いながら、蔭膳《かげぜん》を欠かさなかった。

家族全員が、「兄貴はもう生きていない——と半ば諦《あきら》めていた」ところ、四月二十五日午後六時半頃、家族で夕食を食べているところに少尉が帰ってきた。

介造が立ち上がって、「伸一、どうしたんや」と、大きな声で呼びかけた。

聞くと、「九州で訓練中、飛行機の車輪が出なくなって、河原に不時着した。飛行機がもじけて（壊れて）しまったので、明野飛行場（現・三重県伊勢市）に新しい飛行機を取りに来たついでに立ち寄った」ということだった。

小松は振り返る。

「その時、父親が『そうか、それじゃあ上がれ。一緒に夕飯を食べよう』と言って、井戸に吊《つ》るして冷やしてあったビールを一本持ってきて、『伸一、一杯飲め』と言って、兄貴のコップに一杯ついだ。兄貴はそれを一気に飲み干すと『うまい』と一言言ったのです。その時の兄の表情と一言が今も忘れられません。だから、今も、兄の命日やお盆には、必ずビールを供えることにしています」

その夜、少尉と両親は夜が更けるまで話し込んだが、特攻の話は一切出なかった。

「特攻隊になったからといって、兄の態度は十九年の暮れに帰って来たときと変わりはなかった。母は既に死んだとあきらめていた兄が生きて帰って来たからか、やはり、嬉しそうでした」

寝る前、「今回は編隊ではなく、一人だから、知覧に戻る時は何とか家の上空を飛んで行きたい」と両親に約束をして床についた。

翌朝、小松は両親と弟ら四人で御坊駅で少尉を見送った。駅に向かう途中、悲壮感が漂うことはなかった。「わしは軍神になるんやぞ、神になるんやぞ」と笑いながら話していたという。

小松は、

「国のために働く喜び、特攻隊に選ばれたことへの誇りが伝わってきた」

と言いながらも、

「今から考えると、我々に心配をかけまいと明るく振る舞ったんだと思う」

と表情を曇らせた。

小松自身、そんな少尉の姿に、

「僕も後に続くという気持ちはありますし、それは男として当然、当たり前のことで、特別なことをするという気持ちは全然ありませんでした。兄は国のために命を捧《ささ》げるというだけのことで、ただ、それは当たり前のことだから、特に変わった思いも起きなかった」

と言う。

汽車が到着し、少尉が汽車に乗ろうとすると、時代は改札口から身を乗り出し、大きく手を振って、「伸一、手柄立ててようっ」と声を振り絞って何度も叫んだ。

そんな母親の姿に小松は掛ける言葉がなかった。

「母親の横顔を見たら、全然、泣き顔ではなかった。涙なんか出る顔じゃなかった。とにかく、『手柄を立ててよ』って、何度も叫んでいた。今でもその時の母親の顔は忘れられない」

対照的に介造は、「行ってこい」と言って静かに手を振っていた。

その九日後の五月四日の昼頃、飛燕《ひえん》が一機、爆音を響かせて自宅上空に現れた。低空飛行する飛燕の操縦席には中西少尉の姿があった。明野飛行場から知覧に戻る途中だった。小松は用意していた日の丸を持って屋根に上がり振り回した。庭では時代が声をからし、大きく手を振っていた。少尉も気がついたのだろう。自宅上空を四、五回旋回した後、母校の小学校の上を旋回して西の方向に飛び去った。

これが最後の別れだった。

六月中旬、中西家に二人の軍人が訪ねてきた。「私たちは特攻機の護衛について行った者です。中西伸一少尉は、五月二十八日早朝、沖縄周辺海域で敵艦に見事命中して立派な戦死を遂げられました」

二人は中西少尉の最期を見届けた直掩機の搭乗員だった。

二人がこう報告するや、介造が返事するよりも早く、時代が、「そうですか。有難い。手柄を立ててくれたの、伸一。ようやった」と言って小躍りした。

「国のために役立ったのが嬉しいという気持ちだったのでしょう。子供に対する気持ちよりも国のために役立ったという気持ちの方が強かった。国のために息子が役に立ってもらいたいという一念だったんだなあと思いました」

小躍りする母親の姿を間近にした小松はこう振り返った。

特攻隊を志願した時も、御坊駅で最後の別れをした時も一切涙を見せず、突入の様子を聞いた時は小躍りした時代。時代にとっては、三十三回忌法要までの三十二年間は、母親の気持ちを封印した時間だった。法要で流した涙で、ようやく戦争の呪縛から解き放たれたのかもしれない。

## 墓参に来た女性

昭和三十（一九五五）年夏、中西家に一通の手紙が届いた。差出人は関東地方に住む二十七歳の女性だった。中西家の住所は和歌山県庁を通して調べたと書かれてあった。

手紙には、

一度、伸一さんのお墓参りをさせて欲しい

とあった。

両親は喜び、「是非、お参り下さい」と返事を出し、一緒に墓参りをした。女性は墓参りの理由を一切、話さなかった。

それから二、三年後、時代が墓参りをすると、この女性が墓前で手を合わせて一生懸命何かを話しかけていた。一時間近く経ち、腰を上げた女性に近づくと、「今日は伸一さんと二人で話をしたいことがあったのです」と言ったものの、それ以上は口をつぐんだ。小松は、女性はその後、平成二十年代初めまで六回ほど墓参りをしたようだと言った。その都度、お墓の花が新しく差し替えられていたから分かった。

女性が「実は（中西少尉と）一緒になりたかった」と明かしたのは何年も経ってからだった。

聞くと、昭和二十年、中西少尉は二十二歳、女性は十六歳の時に、たまたま書店で出会い、話をするようになったのだという。その時は、軍服姿で軍刀を持つ少尉に憧《あこが》れるだけだったが、時間が経つにつれ、憧れ以上の気持ちに気づいたという。「忘れられない人だから墓参りを続けていた」と言った。

平成八（一九九六）年五月三日、知覧の特攻平和会館で開かれた五十回目の慰霊祭の際、小松らはこの女性を誘い、少尉の軍服などの遺品を特攻平和会館に納めることにした。知覧で合流した女性は「軍服を一晩貸して下さい」と、軍服を持ち帰り、翌朝、女性は目を真っ赤に泣き腫らしたまま小松らの前に現れた。小松はその時の様子を思い出すように言った。

「一晩中、兄貴だと思って、軍服を抱いて寝たんでしょう。切ないですね。彼女はこの時、六十八歳でした」

## 終わらぬ戦後

この女性は回顧録『わが心の春夏秋冬』（潮文社）の中で長年の思いを吐露している。

知覧へ行きたい、知覧へ行って彼が最後に生きた場所を見たい、何十年もそう思い続けていた私。幸いに彼の妹さん御夫婦にさそわれて、平成二年五月三日の、第三十六回知覧特攻基地戦没者慰霊祭に参加する事が出来た。

（……）

昭和二十年四月一日午後三時、玄関へ立った彼を見て、私は別れがきた事を知った（……）別れは突然にやって来たのである。

「どこへ行くの？」私の問いに彼は、「そこだよ」と目で、広げてあった新聞をさした。新聞の一面には、沖縄の決戦の文字が躍っていた。そして連日の様に特攻機の武勲が報道されていた。

こんな時の別れの言葉は何と言えばいいのだろうか、私は戸惑った。「お元気で」、明日なき人にそう言うのか、それとも「手柄をたててね」、そう言えばいかにも軍国の乙女のようで健気《けなげ》であるが……。

十六歳の女の子は色々な言葉を心の中で模索したが、この場の虚しさを埋めるに適当な言葉は探せなかった。

こんなに身体も心も健全な青年が死んでしまうなんて、もったいない。

「捕虜になってもいい、生きていて」

思ってもいなかった言葉が突然飛び出て、私は一瞬呆然《ぼうぜん》とした（……）自分の言葉を後悔しながらも、私はそれが自分の本当の心である事を自覚していた。
駅までの短い道を、彼は負け戦の無念さ、国家の大事に殉ずる国民の使命感を諄々《じゅんじゅん》と私に説くのであった。そして、「俺だって、生きていたいよ」と、つぶやく様に言って言葉を終えた。

この最後の言葉は今も私の胸の中に、熱い生への執着を断ち切って死地へ向かった一人の青年の、凝縮された哀《かな》しみとして重く残っている（……）うす暗い納戸部屋へ入って溢《あふ》れる涙をふいていると、彼等を乗せた汽車が富士川の鉄橋にさしかかるのであろう、甲高い悲鳴の様な汽笛を流した。私は今別れてきた、そしてもう生涯生きて逢える事のない人との、遠い距離を想った。

彼女は、少尉から届いた最後の手紙も紹介している。

もう手紙を書かないで下さい。
あなたがいくら書いても、もう私の手には届きません。
私は近日中に出撃します。
いつか貴女と一緒に故郷の和歌山へ行こうと思っていました。

それが実現出来なくて残念です。

どうか元気で幸せな人生を送られる様念じております。

さようなら。


彼女は終盤、複雑な思いを書き残している。


私は特攻会館に飾られている彼の写真の前に立って、無言のうちに問いかけていた。

「お久しぶりねえ」

「いつまでも若いのね」

国のために、祖国のためにと、輝く青春と未来を惜しみなく散らした人への、そこはかとない寂寥《せきりょう》感が、遺影の前に立ちつくしている私の心を埋め尽くしていた。


そして、次の歌で同書を終えている。

奥歯かみ　出陣の君送りたる
　振り向けば遠き　十六の思慕

忽然《こつぜん》と　雲間いできし機影あり
　　つかのま君の幻をみる

はるばると　若き遺影にまみえ来て
　　去り難く候《そろ》　特攻会館

彼女の戦後は終わっていなかったのだ。

## つなぐ思い

中西少尉が上空から故郷に最後の別れをした際、教鞭《きょうべん》を取った和田尋常高等小学校の上空も飛んでいる。教え子たちは運動場に集まり、手を振り別れを告げた。

戦後、少尉の村葬が行われた際、当時六年生だった女性が、その時の気持ちを弔辞で読んでいる。

（前略）手のとどきそうな低さである。何か、私たちに話かけてでも居るように、ゆっくり〳〵とせんかいしている所を見ると、きっと、中西伸一先生に違いない。特別攻撃隊に参加され今日は晴の出発である。私達は夢中に手を上げて、先生〳〵と声をかぎりに叫んだ。先生もきっと、機上から、お前たちもしっかりやれよ。と、おっしゃって下さって居た事だろう（……）まぼろしにうかぶ、先生のほがらかなお顔と「しっかりして私の後に続いてくれ。」とおっしゃられた、あの日のお言葉の数々が、まだ新しく私の耳に残っている。（……）幾日か過ぎた或る日いよ〳〵特攻隊として、出撃するという知らせを聞いて（……）

子供らが後に続くを信じてぞ
　敵艦上に　笑って散らむ
おのが身は、花のつぼみで散り征《ゆ》くも
　だてには散らじ　空の男子は、

この歌を私達に寄せられた。先生は、きっと、敵艦上で花々しく戦死された事であろう。戦も終り平和な春が、おとずれた今先生が生きて居られ、お教を受けることが出来たらどんなにか、嬉しい事であろう。だが、先生の御《み》たまは、永久《トコシエ》に私達の心を去りません。

女性は最後にこう結んでいる。

「あの特攻精神こそ。」現在の我が国になくてはならぬ正しい正儀《（ママ）》の道です。今日の慰れい祭に当り中西先生の生前をしのび思をあらたにし、お教を固く守って新日本建設に、まい進いたします。私達の目の前に見せていただいた、あの精神は、言わずともよくわかります。きっと私達も、先生の御意志にそいます。

彼女の言葉は、今、我々が思い起こすべきメッセージのように思われる。

戦時中は、特攻出撃する兄の言動を当然に思っていた小松だが、戦後を生き、少尉の心に思いを馳《は》せると、少し考えが変わったという。

「(知覧の)三角兵舎を初めて訪ねたとき、出撃前夜の兄貴の気持ちはどうだったんだろうか、夢なんか見られる状況じゃなかったんだろう、母親や故郷を思い出したんだろう、と思うと、涙が止まらなくなった。

わしらは恐ろしい戦争を体験した。そして、兄貴たちのお陰で戦後七十年間、平和の中で暮らしてきた。これほど有難いものはない。わしらは、恐ろしい戦争体験をしたから、戦争と平和を比較できる。この世に生を受けて、わしらが体験したようなところへ二度と戻らせたくない——という気持ちが強い。戦後に生まれた人は、比較することができないから、この有難さが分からない。そのためにも、今の平和は兄たちがいたからだ、と伝えていかないといけない」

そして、一枚の書状の写しを見せてくれた。少尉が出撃前、昭和二十（一九四五）年五月九日付で両親と弟妹宛てに毛筆で巻紙に書いた手紙だ。

出撃直前　腕を撫《ぶ》して待機
致して居りますから何卆御安心下さい
時局いよいよ深刻化して参り吾等
総蹶起《けつき》せずんば又何《いず》れの時に
か起《た》たん　よき死場所を得
たるを無上の光栄と存じます
大空に御奉公する者の心情察
して下さい　必ずや敵艦轟沈
を期して頑張ります
どうか成功を祈ってください
郷土の皆様にもどうか宜しく
おつたえ下さい　今更　改めて
記することも御座いません　ただ
大君の御為　敵艦上　笑っ

て死する覚悟で御座います
大君の為なりせば　よろこ
んで下さい
又一家一門の栄誉これに過ぎるものなしと存
じます
では笑って往《い》きます。
（……）
この重大戦争を勝ち
抜いて下さい。沖縄決戦を
夢みて

最後にひときわ大きな字で力強く「絶忠」と書かれている。

「絶忠」という言葉は辞書にはない。

小松は、

「兄が自分で考えた造語で、絶対に忠義を尽くすんだという意味ではなかろうかと思う」

と、少尉の決意を受け止めた。

ほかの特攻隊員がそうであったように、中西少尉は護国の使命感だけでなく、両親や兄弟、恋人、教え子、その他自分と関わりのある全ての人の思いを背負って出撃、突入したのである。少尉の思いとメッセージは、教え子の弔辞にあるように、永遠に引き継がれていかなければならない。

## 母の思い

中西少尉の母親の心の戦いは前に述べたが海軍神雷部隊戦友会が編纂した『海軍神雷部隊』の中に母親の思いを象徴する一通の追悼賦がある。

唯『お国の為に何の惜しげもなく若い命を捧げた』その事については、母も未練は言いません。（……）終戦以来の混乱で尊いお前達の犠牲が世の中の人々から忘れられていても、新しい日本建設の蔭には、尊い幾百万同胞の生命がかけられていた事を、国民の一人一人が泌々と思い起こし、その死を決して無にしないよう努力するのが残された私達のつとめであると思います。

昭和二十（一九四五）年四月十四日、第四神風桜花特別攻撃隊神雷部隊として出撃、徳之《とくの》島《しま》東方海域で散華した山崎敏郎二飛曹（没後少尉）の母親の追悼賦だ。息子が戦死して七年後に書いたもので、切々と心中を吐露している。

そしてこう続ける。


　朝霧よりももろく私達から消えてしまった。

敏郎よ！　四階級特進という栄誉も、靖国の母という誇りも、一切は敗戦によって遠い夢の彼方に置かれてしまった。

（……）

あれから幾年月、人前では流せない涙で幾夜枕のぬれたことか。遺品を受け取れとの通知に、首を長くして待ちに待ったが、とうとう遺品は何一つ帰って来なかった。

（……）

同級だった方や、同じ年頃の青年を見るにつけ想い出しては涙ぐむ、偲んでは涙ぐむ母さん。（……）せめて少し豊かな人生を味あ《（ママ）》わせてやりたかった。

（……）

幽明　境を異にして、呼べど、呼べと、声なき敏郎よ！


出撃を見送った両親は、息子が国家のために散ったと誇りに思いながらも、生涯消えることのない心の傷を負った。そして、その怒りと寂しさをぶつける相手もなく、ただ、堪えるほかなかったのだ。そこに、母親の強さと日本女性の誇りを感じる。

## 二　同じ海へ還る——婚約者

### 大雨の中、墓に駆け寄る

その女性と初めて会ったのは平成十六（二〇〇四）年四月二十二日のことだ。女性は当時八十四歳。この日のことは今でも鮮明に覚えている。岐阜県・御嵩《みたけ》町の自宅居間には、日本刀を片手に九九式襲撃機に乗り込む特攻隊員の写真と位牌《いはい》が飾られていた。終戦から六十年近くなるが、部屋はほとんど手を加えていないという。使い込んだ蓄音機が机上に置かれていた。

「私たちは、あの人たちのお陰で生かさせて貰った。あの人たちの分まで生き抜かなければ……」

女性はこう言うと遺影に何度も手を合わせた。

訪ねた日は写真の特攻隊員の命日に近かったため、お墓参りをさせて欲しいと頼んだ。女性は「お墓参りして頂けるのですか。ありがとうございます。ちょっと待ってください」と言うと、部屋を出て行った。

十分程して戻って来た女性を見て、思わずあっと声を上げてしまった。薄化粧をして、きれいに身嗜《みだしな》みを整えているのだ。

墓は村から離れた山中にあった。その日は大雨のためタクシーで向かったが、到着すると女性は傘を投げ出して墓に駆け寄り、両手で墓石を撫《な》でながら「宮本さんという方が東京からあなたのことを聞きに来ましたよ。全部、お話ししますね」と念仏を唱えるように繰り返した。激しい雨に打たれながら、墓石を撫で続ける女性の姿は記憶から薄れる事がない。

後日、女性からこんな手紙を頂いた。

（前略）御一緒にお墓参りして頂いてありがとうございました。それなのに、あのお墓参り、余りにもぞんざいだったので、後で気になりました。何時ももっと時間をかけて碑のまわりを掃除して香をたいてろうそくの燃え尽きる頃までいて帰るのですが、何かもっと会話がある筈《はず》ですのに……あの時はタクシーを待たせてあったので、急いでしまって後で残念に思いました。

みどり深き夏草しげり碑は古《ふ》りぬ
　戦にゆきし人の奥津城《おくつき》

何年か前の作です。あれからまた、何十年か経ち六十年もなると言うのに　年齢のせいか最近は余計に思われる様になりました……

## 一年間の文通

女性は、第一〇五振武隊の隊長として昭和二十（一九四五）年四月二十二日、鹿児島県・知覧飛行場を出撃し、沖縄周辺海域で散華した林義則《はやしよしのり》少尉（当時二十四歳、没後大尉）の婚約者だ。

小栗楓《おぐりかえで》（戸籍上は楓子）。大正九（一九二〇）年十一月、岐阜県可児《かに》郡上之《かみの》郷《ごう》村（現・御嵩町）生まれ。林少尉は大正十年三月生まれで、二人は小学校の同級生だ。二年、三年、四年は同じクラスで、五年生の時に少尉が転校した。

少尉は岐阜師範学校二部を経て東京農業教育専門学校（現・筑波大学生物資源学類）に進むが、昭和十七年に召集され、陸軍中部第六部隊（騎兵第三連隊）に入営。昭和二十年四月五日付で第一〇五振武隊の隊長となった。

楓が少尉と再会したのは特攻出撃の一年前の昭和十九年三月二十三日。大刀洗陸軍飛行学校を卒業した少尉が、戦闘機の操縦士として訓練を受けるため満州《まんしゅう》に渡る挨拶《あいさつ》に、楓が戸籍係として働いていた上之郷役場を訪れたのだ。

別れ際、懐かしさのあまり、

大空を御楯《みたて》と翔《か》ける雄姿にも
いとけなき日の面影残る

と書いた紙切れを渡した。

二日後、少尉から突然電報が届いた。

ワレトニツクキミサチアレヨシノリ

少尉の真意は分からなかったが、これをきっかけに一年間にわたる文通が始まる。手紙は軍隊調の簡潔な文面で、甘い言葉などは一言もなかった。

楓は、文言などから少尉の居所を推測、地図に向き合い一緒に空想の旅を始めた。手紙のやりとりは頻繁になり、「いつしか、会話しているような文面に変わっていった。一緒に呼吸をして、一緒に暮らしているような気持ちになった」という。

求婚の言葉はなかった。だが、一度、手紙に

ワイフと言うものは有難いものだなァ

と書かれていた。
少尉から最後の葉書が届いたのは昭和二十年四月末のことだ。

いよいよ今日出撃する。この期に及んで、何も言うことなし。よく尽くしてくれたお前の心を大切に持ってゆく。君ありて我れ幸せなりし。体を大切に静かに平和に暮らしてくれることを祈る。

「この葉書を読んだ時は、これでもう最後だと思った。私が本当に生きたのは昭和十九年三月から二十年四月までの一年間でした」

**戻ってきた指輪**

林少尉の実家を通じて遺品が戻ってきたのは昭和二十（一九四五）年四月末。冬用の軍服と時計にカメラ、満州で写した写真……。時計はいつも手に巻いて使った。時計の針の音が、少尉の鼓動のように聞こえた。

遺《のこ》されし時計の刻む針の音は

脈拍のごと胸に伝い来

大事な遺品がある。百合の花が刻まれた銀製の指輪だ。少尉が送って来たシガレットケースのお返しに、楓は当時はめていた指輪を送っていた。それが遺品の軍服のポケットに入っていたのだ。百合の花は潰れていた。

「出撃するときに持って行ってくれればよかったのにと、悲しく思いました。百合の花は潰れてしまっていたけれど、この指輪があの人と一緒に動き、私の手元に戻って来たかと思うと、あの人のぬくもりが感じられます」

遺品と一緒に両親宛ての手紙が入っていた。

楓はよく手紙をくれて、励ましてくれました。小生がいなくなると当分は淋しいと思うから、父母様でよく慰めてやって下さい。写真機と時計を楓に渡して下さい。

とあった。楓を思いやる少尉の心が溢れている。二人の確かな絆を感じずにはいられない。

昭和二十年十月、戦死公報が届く。役場で戸籍係をしていた楓は、自分の手で「林義則」の文字の上に戸籍抹消の朱線を引いた。

亡き人の数に入れるか今日よりは
　戸籍の朱線胸に痛しも

「末期の水をとってあげる気持ちだった」

楓はその時の気持ちをこう振り返ったが、残酷なものだ。どんな思いで朱線を引いたのか。楓の悲しみを考えると、かける言葉がなかった。

遺骨が届いたのはさらに一年が経った昭和二十一年六月。遺骨というのは名ばかりで、白木の箱だけだ。それでも、楓にとっては昭和十九年三月二十三日に見送ってから二年ぶりの再会だった。

葬儀は村葬で盛大に行われたが、入籍していなかったため、親族の席には座れず、一番後ろで読経を聞いた。

祭壇に三首を短冊に書いて供えた。

一年を経て還《かえ》り給いし君の御魂《みたま》
　全身をもて抱き参らす

待ち詫びし御魂還る日近ければ
　心粧《よそお》いぬ悲しみに堪えて

我を遺きて遂にゆきしか我を遺きて
　武士道《みち》とふものはかくも悲しき

葬儀が終わった後も、「ふと、便りはどうしたのかしら」と思い、「あぁ、そうか」と気づく日が続いたという。

「手紙を待つ暮らしが習慣となり、気がつくと何十年も経っていました」

別れ際の楓の一言に、ただうなずく外なかった。

**あの人たちの分まで**

その後も楓とは連絡を取り合った。一緒に靖国神社を参拝したこともある。楓にとって靖国神社は特別な場所だった。昇殿参拝では、十分ほど何かをつぶやいていたので、なにを言っていたのか尋ねると、「あの人と話をしていた」と答えた。

平成二十六（二〇一四）年八月二十二日、岐阜県内の山間部にある介護施設に彼女を訪ねた。

楓は九十四歳。以前より一回り小さくなったように感じた。聞くと体重は二十六キロだと言った。八畳ほどの部屋にあるのは、生活する上で必要最小限のものだけだ。日々、絵や手紙を書いて過ごしていると話した。ベッドの傍らには、自宅に飾ってあった日本刀を片手に九九式襲撃機に乗り込む軍服姿の林少尉の全身の写真と小さな位牌があった。

「沖縄にも行きたいのだけれど、こんなに腰が曲がってしまってはねぇ」

大きく曲がった腰をさすりながら一息ため息をつくと、私の目を凝視して話し出した。

「私が死んだら、お骨は沖縄の海に沈めて欲しいの。約束して。あの人を捜して巡礼の旅に出るつもり。あの人に会えるかしら」

気がつくと、涙を溢れさせ、訴えるように私の手を握った。

「あの人たちはどうして死んでしまったのかしら。私はあの人のお陰で生かさせて貰《もら》った。でも、今の日本を見ると、可哀想で仕方がない。あの人たちは何のために死んだのかしら。あの人たちの姿と思いを、今の日本人は忘れてしまったのかしら」

初めて会った頃、楓は、

「任務だから、仕事だからといって自分を納得させても、やっぱり死にたくなかっただろうと思う。それもぼろぼろの飛行機で……」

と話しながらも、

「あの人たちの分まで生き抜かなければ……」

と前向きに力強く語っていた。ところが、数年ぶりに会った楓の言葉は大きく変わっていた。今の日本の姿に憤りを感じているのだろうか。口惜しさと諦めが入り混じったような表情を見せるのだ。

「こしおれつづり」と表紙に書いた和綴じのノートを見せてくれた。

楓はここに短歌や俳句を書き留めていた。ページをめくると、この数十年の思いが、飛び出してくるようだった。俳句や短歌の型にとらわれず、気持ちをそのまま描いたメモ書きもあった。

亡き人が空の衛《まも》りと翔《と》びしちょう
　異国の街は如何にありしや

命あらば地の果てにても時隔つとも
　何時かは会える時あえるものを

　イラク派遣自衛隊を送りて
蔭ながら御無事の帰り祈りけり

あの時は言えぬ言葉でありし
後ろより肩一つたたかれるあたたかさ
三十分待ちて三分で終わる食事かな
思う人天にありては帰り来ず
あの人のことは思い出すどころか忘れたことはない
亡き人の今わの際の足跡を
遺し給いし知覧恋しく

イラクに派遣される自衛隊のことを詠んだ「蔭ながら御無事の帰り祈りけり……」は、「その時の気持ちを詠んだ。あの時、義則さんに、無事で帰って来てくらい言えたのに、どうして言えなかったのかしら」と涙を流した。楓の戦後はまだ終わっていないと感じた。

帰り際、車いすで玄関まで見送ってくれたが、タクシーに乗ろうとする私の手を離さず、力いっぱい握り続けた。施設の人に促されてようやくタクシーに乗ったが、楓はいつまでも手を振っていた。私も車の中で手を振り続けた。

### 握りしめた写真

次に楓に会ったのは翌平成二十七（二〇一五）年六月十二日。体調を崩し施設から美濃太《みのおお》田《た》市の病院に入院したと聞き、見舞いに行った。

この時、体重は二十五キロ。身長は一メートル五十センチと小柄な楓がベッドで布団にくるまれていると、幼い子供のように見えた。食事ができなくなり、点滴を受けていた。口もきけない状態だと聞いていた。

声をかけるとうっすらと目を開け、私の顔を見て、両手を合わせた。

付き添っていた看護師は「話はできない」と言った。

ところが、名前を呼びながら持参した林少尉の写真を見せると、ぱっと表情が変わったのだ。しっかり目を見開き、自ら身体を起こすと、私の手から奪うようにして写真を取った。そして両手を震わせながら写真を握りしめ、食い入るように見つめたのだった。気が付くと、目は涙であふれ、私の方を見ると、振り絞るように、

「あ　り　が　と　う」

と絞り出すように言い、力強く写真を握り直した。

それから一ヵ月余りの七月十七日、楓は息を引き取った。九十五歳だった。

その後、九月二十一日、遺言に従って、遺骨を沖縄の海に散骨した。沖縄は快晴だった。眩《まぶ》しい日差しがキラキラと海を輝かせていた。真っ白な楓の遺骨が、林少尉の眠る紺碧《こんぺき》の海にゆらゆらと沈んでいく。私は手を合わせながら、長かった楓の戦いと戦後がようやく終わったと感じていた。

筆まめな楓からはたくさんの手紙を貰った。最後にその一部を紹介したい。

（前略）あの当時（終戦後）皆、言いました。〝自分達の様にこんな悲しい淋しいつらい思いを、これからの若い人達に味わゝせたくない。それだから戦争は二度としてはならないのだ〟と。でも、私はそんなお利口なことを言っていられませんでした。これからのことだの、他の人、若い人だの、そんなこと知っちゃいない！　あの人は死んじゃったのよ！　と。他のこと等何も考えられなかった。戦斗機乗りになると聞いた時、この人はもう帰らないかも知れない、と思って送り、ずーっと、そんな覚悟の筈だったのに、もういなくなった、と思った途端、この始末。全く無茶苦茶ですね。それからは、特攻隊、満州、知覧、沖縄等の言葉を見たり聞いたりすれば、胸がドキッとする様になり、――ずっと一生　でした。でも、最近は少し余裕も出来て、故人のことも特攻隊のことも、普通の気持で喋《しゃべ》れる様になりました。（……）あの人は一年間だけの幸せだった。現実に幸せをもらって半世紀も生きられたのは私の方です。あの人が遺してくれた諸々《もろもろ》のことが私の幸せの糧、生き甲斐なのです。（後略）

（私が初めて楓を訪ねた後、届いた手紙）

知覧行き、ご苦労様でした。私も行きたくて。足がもう少ししっかりしていれば……残念――。今更のように、特攻隊なんて……戦法を考えた当時の軍の上層部がうらめしい……。あの人が一生いたらと、最近、とみに思われてならない。グチを言ってすみません。

（私が知覧での慰霊祭に参列したことを伝えたことへの返信の葉書）

もう沖縄へお帰りになることはないけれど、なつかしい土地になったでしょうね。私にとっては、沖縄は、大切。と言ってもまぼろしの地です。私も遺骨になったら、沖縄の海へゆくことにしています。

（私が赴任先の沖縄から東京に戻った際、届いた葉書）

（前略）特攻隊も最初の頃は、戦果があったのだナ（……）と思えます。ゼロ戦がさっと体当たり態勢をとり、空母めがけて急降下する姿、尊く美しく胸がジーンとして祈りたい気になります。（……）「明日の日は戦い死なん　今日の日は静かに故郷の春を偲ばむ」この短歌、特攻戦死したどなたかの遺詠の一つですが、詠まれた時の様子等想像すると涙が出ます（後略）

（颯が施設に入所した頃、届いた手紙）

## 三　残された者の課題――父と弟

### 兄を失った弟たち

毎年十月二十五日、愛媛県西条《さいじょう》市の楢本《ならもと》神社で「神風特攻敷島隊並びに愛媛県特攻戦没者追悼式典」が開かれる。

昭和十九（一九四四）年十月二十五日、フィリピンのマバラカット基地で、関行男大尉（当時二十三歳、没後中佐）を隊長に出撃散華した敷島隊の五人と、愛媛県出身の特攻戦没者を慰霊、顕彰するのが目的で、毎年、全国から遺族らが参列する。

私は十年余り前から式典に参列しているが、たくさんの遺族や特攻隊関係者に出会って来た。その中に強く印象に残った遺族が二人いる。

一人は、昭和二十年四月十一日、神雷部隊第五建武隊の隊員として出撃、喜界島《きかいじま》南方海域で敵機動部隊に突入、散華した曽我部隆二飛曹（当時十九歳、没後少尉）の弟、勲だ。私が最後に会ったのは、令和元（二〇一九）年の追悼式典で、当時、九十歳だった。勲は、それまで何年もの間、遺族を代表して言葉を述べてきたが、この日もこう訴えた。

「私は当時十五歳で、中学一年生だった。先輩たちは日本の勝利を信じて飛び立って行った。兄も祖国の平和を念じ、家族の安全を思い出撃していった。でも多くの御霊は靖国神社で本当に安らかに鎮まっているのでしょうか。皇室と総理は公式参拝できない。『国のため逝きたる御霊は安らけきか』と、この一言に尽きる」

勲のあいさつを聞いて、私は心の中で「その通り」と叫んでいた。以前の追悼式典で、勲はこうも言っている。

「血汐《ちしお》たぎる若者が祖国を護らんと志願し、靖国神社で会おうを合言葉に、陸、海軍合わせ二百四十万人にものぼる同胞が国難に殉じましたが、その御霊は今、靖国神社で安らかに鎮まっているのでしょうか。それとも千の風になって舞っているのでしょうか。皇室をはじめ歴代総理大臣も公式参拝すらできないのです。これが世界有数の経済大国であり独立国日本の姿でしょうか」

勲は、数年前の追悼式で、

「今、日本は平和の中に酔いしれているんじゃないか。もう少し、平和というものを思い直したらどうか。民主主義をはき違えているんじゃないか」

と怒りを直截《ちょくせつ》に口にしたことがある。

勲は話を聞くたびに、こう繰り返していた。

「人間は生きとらにゃあ損やと、死んだらあかんぞと。それは本当じゃなあと、この年になってつくづく思います。

戦争に負けると考え方が違ってくる。教育が変わるから、考え方が根本的に違う人が大勢を占めるんじゃないか。腹立たしいけれど、仕方がない。わしは、十二歳から十五、十六歳まで、世間の変化や親父の姿を見て生きてきた。苦しい時があって、苦しい思いをした人がいるんだと。そしてそういう人がいたから、今の日本があるんだと、伝えていきたい。それがわしの務めだ」

## 残された家族を護り抜く

曽我部家は十人兄妹。勲は八男で、六男の隆二飛曹だけでなく、次男の光雄（享年二十九歳）と三男の秀民（同二十五歳）、七男の寿（同十八歳）も海軍へ進み、三人全員が散華した。長男と四男、五男は陸軍への道を選び生還している。

勲が戦時中の体験をふり返り、涙をにじませながら、こう言ったのを忘れることができない。

「隆が二十（一九四五）年四月十一日に戦死して、八日後の十九日に寿が亡くなった。西条市が市葬をしてくれたのですが、うちは隆と寿の二つの箱を持って行きました。白木の箱と言っても幅、高さが十五センチぐらいのボール紙の箱。寿の箱には遺骨が入っていましたが、隆の方は『曽我部隆』と書いた紙一枚だけでした。一軒の家からいっぺんに二つの白木の箱というのは、近所では例がありませんでした。十五歳のわしは寿の白木の箱を持って行きました」

勲の自宅を訪ねると、「神雷」と書かれ、日の丸が染められた鉢巻きと隆二飛曹の遺影が額に入れられ、居間に飾られていた。

「隆が茨城の鹿島で訓練をしているとき、世話になっていた下宿のおばさんから『元気で○○に行った』と手紙を貰いました。何も書いていませんでしたが、○○は鹿屋を指していたのでしょう。それに手紙には（隆は）『会わない方がいい』と言って（鹿屋に）行きましたと書いてあったそうです。このおばさんには色々なことを話していたみたいです。本人は、兄弟が多いから、自分一人ぐらいは死んでも大丈夫だろうと思っていたみたいです。このおばさんは、遺品となる短剣と鉢巻きと歯ブラシと洗面具を送ってくれました。ところが、小包には穴が開いていて短剣だけがなかったです。誰かが取ったんでしょう」

四人の息子を戦争で失った父親の末蔵は、昭和五十三年に亡くなった（享年八十六歳）。戦争当時五十歳代だったが、息子四人が戦死したことに愚痴を言ったことはなく、気丈に振舞っていたという。

末蔵の妻は昭和十三年、長女を産むと病気で亡くなった。勲が八歳の頃だ。妻に先立たれ、四人の子供を戦争で失いながら、挫折せずにいた末蔵の苦労はいかばかりだったか、勲は言う。

「母親は乳飲み子を残して亡くなったから、父親は苦労したと思います。母親が生きていたら、気が紛れただろうに」

気丈に過ごしていた末蔵も、寄る年波か、寂しさからか、だんだんと酒の量が増え、八十代になるとすっかり足腰が弱くなっていった。

戦争が終わってから三十三年間、「一人で耐えて生き抜いた父の気持ちを考えると、私は血の小便をしてでも家を護ろうと誓いました」と勲は言った。

## 特攻で二人の兄を亡くして

愛媛県八幡浜《やわたはま》市の山本正治に初めて会ったのは九年前の平成二十七（二〇一五）年だ。勲と同じ、「神風特攻敷島隊並びに愛媛県特攻戦没者追悼式典」に参列していた。正治は当時八十六歳。七人兄弟の三男で、長男と次男が特攻隊員として出撃、戦死していた。

長男の清上飛曹（当時二十三歳、没後少尉）は、昭和二十（一九四五）年三月二十一日、第一神風桜花特別攻撃隊神雷部隊攻撃隊の隊員として、特攻兵器「桜花」を抱いた一式陸上攻撃機で鹿児島県・鹿屋基地を出撃、大東島《だいとうじま》周辺で戦死した。

次男の富仁男二飛曹（当時二十歳、没後少尉）は、神風特別攻撃隊第三御盾《みたて》二五二部隊の特攻隊員として同年四月六日、二百五十キロ爆弾を抱いて、鹿児島県の第一国分《こくぶ》基地を出撃、沖縄海域で突入した。

正治によると、清上飛曹は十八機で出撃したが、百三十機のグラマンの襲撃に遭い全滅、富仁男二飛曹は戦艦大和を護るため、四機で出撃して突っ込んだという。

富仁男二飛曹は、当時、茨城の霞ヶ浦海軍航空隊で訓練を受けていることが分かっていた。そこで、母と姉が昭和二十年四月六日、面会に出掛けたが、大阪から先に進むことができなかった。切符は持っていたが、汽車に乗れなかったのだ。仮にたどり着けたとしても、富仁男二飛曹はその日に特攻出撃しており、会うことはできなかった。

両親は、二人が特攻隊員だったことを知らなかった。二人の遺骨は一緒に戻ってきたが箱の中は空で、海軍少尉と書かれた札がクギで打ち付けられてあっただけだった。その日から、母親は毎日、午前、午後の二回、お墓に参っては涙を流し、一時間ほど手を合わせていた。

正治は当時、愛媛師範学校男子部に通っていた。卒業すると教員になり、二十歳から六十歳まで四十一年間務めあげた。教員になったのは、

「先の大戦で、尊い命を自ら国に捧げた人たちのことを、それは人間的に重要なことだということを、教育を通して教えることは、生きている者の務めだと思ったから。日本がアジアの国を痛めつけ、植民地にしたと言われるのは残念でたまらなかった」

からだという。

長男の清上飛曹は、軍隊で国のためにいい仕事をするというのが夢だった。次男の富仁男二飛曹は、いい加減な事ができない性格で、何にでも一所懸命向き合っていた。だから「自

分も教員として日本民族の将来にわたる平和と人間の価値観を大事にしたい」と、自らに宿題を課したと、正治は話した。二人の兄から受け継いだ「後に続く」は、正治にとっては教員の道を選ぶことだった。

## 戦後の教育に思うこと

正治は現代の子供たちを見ていて思うことがあるという。

「今の子供たちには、自分さえ良ければいいという利己主義が蔓延《まんえん》しているような気がする。教育が歪《ゆが》んでいるのかもしれん。先生の質が問われてくる。だから、教師は信念と自信を持って、親に代わって『いけんことはいけん』と、モノを言っていいと思う。いや、親に代わって『いけん』と言える教師でないとだめだ」

と言った。

正治が、小学校の校長だった頃のことだ。

教職員組合の職員に、「式辞や行事の時に君が代を歌うことをどう思うか」と聞かれたことがある。正治はその時、「何も思わない。国歌じゃないか。どこの国にも国歌はある。それを歌ってどうしていかんのじゃ。国歌という国民を代表する歌じゃろ。それを何で歌とうたらいいかんのじゃ」と聞き返し、「国歌のない国民って寂しい事ないか」と尋ねたが、反応はなかった。意味が伝わらなかったようなので、「あなたが寂しいと思う事を、組合がいけんと問題にする必要はなかろうが。歌うときに歌とうたらええ。歌とうてどれだけの弊害がある」と話し、こう続けたという。

子供の能力を生かして、子供のための教育に打ち込めば、何も問題はない。本当に心を開いて話をすれば、組合とも理解はできる。要は子供が育てばいい。必要なことを力を合わせてやればどれだけ成果が上がるか、〝協力〟と〝個別〟ということを考えてみろ。協力したらすばらしい成果があがるやろ。子供が変な所へいくんじゃったら、教育が歪んでいるかもしれないし、間違っているかもしれん。（子供の事を考えて）精一杯やったらええ。やさしいことやろ。

正治の言葉は、特攻で自らの命を捧げ、日本を護ろうとした二人の兄の思いをつなぐために、戦後教育が陥った落とし穴から教育現場を救い出そうとする決意と覚悟だと、私は受け止めた。正治は、今の社会を「人間関係のぬくもりがなくなった」と感じている。それは「時代の変化」というものなのかもしれない。だが、「日本人の伝統的な国民性が失われてしまっている。寂しい思いで一杯だ」と語った正治の無念を聞き流してよいのだろうか。彼はこうも語った。

「昔は、子供と一緒に泥んこになって、色々なことをやって、楽しい事や喜びの中から、育つモノを大事にしたいと思う教育だった。だが、今はそういう教育ではないように見える。道徳や修身も影を潜めている。教師には、子供たちを精神的に素晴らしい子供に成長させるという意欲はあるが、方向性が見つからない状態になっているように感じる。生徒を引っ張っていく自信がなくなってしまっている。だから、子供がちょっとでも変な顔をしたら、自分の言うことを受け入れてくれないと思って止めてしまう」

若い後輩たちにはこう語りかけてきたという。

「君も立派な先生なんだ。立派な先生がいい加減な頼りないことではいけない。自分が正しいと思うことははっきり口に出して、保護者に理解を求める。保護者に言わにゃあいけんのだ。子供に問題がある時は、『お父さん、お母さん、こうしましょう』と、言わにゃあいけんのじゃ。遠慮してものを言うたり、考えたりしたらいかんぞ。自分が正しいと思う事は、保護者にも打ち明けて、理解と信頼を貰うんだ」

序章で紹介した第七十二振武隊の荒木幸雄伍長（当時十七歳、没後少尉）の兄、精一は二十年前、戦後六十年が経った平成十七（二〇〇五）年頃の現実をこう憂いていた。

「終戦の日を境に日本人が改革されてしまった。幹になるものが全くなくなった。全て金でしょう。便利な社会になって、平和かもしれないが、何かを代償として失ってしまったように感じる。六十年の間に、日本人として、ものすごく大事なものがそっくり欠落してしまった。一番大きな問題は心の問題。毎日のように悲惨な事件が起きている。日本の心の文化がなくなってきていると思う」

　そして、冗談めかしてこう言った。

「だんだん、日本は寂しくなる。ちょっと長生きし過ぎたなあと実感する。日本がどっちを向いていこうとしているのか、方向が見えない。何か抜けているような気がする」

## 四　慰霊の心の旅――大西中将の妻

### 「戦没者に水を捧げる母の像」

靖国神社の大鳥居をくぐると、右側の桜の木に囲まれた一角に石のモニュメントがある。ブーゲンビル、ウェーキ、グアム、レイテ、マニラ、コレヒドール、沖縄、硫黄島など、激戦地で集められた大きな石と、長方形に仕切られた池で構成された「慰霊之泉」だ。

この泉は、水を欲しながら息を引き取っていった戦没者に水を与える母親を抽象的に表現したもので、この水を水筒や瓶に詰めて持っていき、戦場跡のジャングルや乾いた岩場に注ぐ戦友会の関係者もいたという。

泉の説明版には、日本語と英語でこう記されている。

――戦没者に水を捧げる母の像――

戦没者の多くは　故国の母を思い　清い水を求めながら　息を引き取りました　この彫刻は　清らかな水を捧げる慈愛に溢れる母を　抽象的に表現したものです　また　この

母の像の外壁は　日本古来の宮や社にある固有の　簡素なたたずまいを表します　そして背後には　第二次世界大戦激戦地の戦跡の石を収集して　展示しております
建設　昭和42年4月18日
改修　平成26年6月10日
奉納　一般社団法人東京キワニスクラブ

東京キワニスクラブが、この泉を明治百年を記念して建設、靖国神社に献納したのは、昭和四十二（一九六七）年四月のことだ。

大西瀧治郎中将の副官だった門司親徳の『回想の大西瀧治郎』（光人社）によると、献納当時の説明版には、こう記されていた。


「戦没者に水を捧げる母の像」

戦没者の多くは故国の母を想い清い水を求めながら息を引きとりました。

この彫刻は清らかな水を主体とし慈愛に溢れる母を抽象的に表現したものであります。

また、この母の像の外壁は日本古来の宮や社にある固有の簡素な美しさをそなえています。

とこしえに神域の中に在って風雪に堪え自然に還った戦没者の霊を慰め続けるでありま

しょう。

背後には大東亜戦争当時の激戦地の戦跡の石を収集してこれを展示しました。

ところが、現在の説明版では、「とこしえに神域の中に在って風雪に堪え自然に還った戦没者の霊を慰め続けるでありましょう」の部分は削除され、「大東亜戦争」が「第二次世界大戦」と書き替えられている。

戦後の世相の変化を如実に物語る逸話だが、本編はこの点を検証するのが目的ではないため、話を進める。

この記念碑建設のきっかけは、大西瀧治郎中将の未亡人、淑恵の思いだったことは余り知られていない。門司によると淑恵は、戦後、時期ははっきりしないが、「戦地では、兵隊さんが死ぬとき、水を欲しがり、お母さんと呼んだそうね」と話すようになったという。

門司は、前述の著書で、

特攻隊の若者は、敵艦に突入するとき、「お母さん！」と叫びながら操縦桿をにぎっていたかも知れない。しかし、水がほしいとは思わなかったであろう。艦が沈むとき、艦艇の乗組員は、瞼《まぶた》に母を描いたかも知れないが、水をくれとはいわなかったにちがいない。未亡人の頭にあるイメージは、むしろ陸戦の兵士にこそあてはまるものである。

しかし、大西未亡人には、水をほしがり、お母さんと呼んだという兵士の最後が、若者のすべての死のように思われたのである。彼女には、そういうナイーブなところがあった。

と記している。

淑恵の「水を欲しがり、母親を呼んで死んでいった若者のために、靖国神社の境内に母の像と噴水を建てることができたら」という思いは募っていったという。

同クラブのホームページなどから、建立のいきさつをまとめるとこうだ。

未亡人の思いは、当時サンケイ新聞会長だった水野《みずの》成夫《しげお》の耳に入る。淑恵の思いに賛同した水野は、フジテレビの社長で東京キワニスクラブの会長だった鹿内《しかない》信隆《のぶたか》（後に産経新聞社長）に協力を求めた。同クラブは当時、明治百年記念事業として、戦後二十年をめどに靖国神社に記念施設を設置する計画を立てており、淑恵の宿望を実現することで意見が一致する。クラブ内に設置した明治百年記念事業委員会は、淑恵に委員会への出席を依頼し、大西中将の淑恵宛ての遺言や靖国神社の英霊への思いなどを聴き、慰霊之泉の建設を決めたという。

昭和五十二年四月十五日、淑恵は同クラブの例会であいさつの言葉を述べている。これが同クラブへの最後の礼の言葉になった。淑恵は、翌五十三年二月六日、慰霊之泉から道路を隔てた九段坂《くだんざか》病院で、七十八歳の人生の幕を閉じている。

## 猛将の最期

終戦翌日の昭和二十（一九四五）年八月十六日未明、東京・渋谷の南平台の官舎で自決した大西中将は、「特攻隊の英霊に曰す……」の遺書のほかに、妻の淑恵宛ての遺書も残していた。

瀧治郎より

淑恵殿へ

吾亡き後に処する参考として書き遺す事次の如し

一、家系其の他家事一切は、淑恵の所信に一任す

淑恵を全幅信頼するものなるを以《もっ》て、近親者は同人の意志を尊重するを要す

二、安逸を貪ることなく世の為人の為につくし天寿を全くせよ

三、大西本家との親睦を保続せよ

但し必ずしも大西の家系より後継者を入るるの要なし

以上

之でよし　百万年《ひやくまんねん》の　仮寝《かりね》かな

大西中将がいかに淑恵を信頼していたかが伝わってくる遺書だ。

大西中将が淑恵と結婚したのは昭和三年二月。中将は三十七歳で、夫人は二十八歳。中将は五十四歳で自決しているから、二人の結婚生活は十七年間だった。

常に中将の傍にいた門司によると、戦地で中将が夫人宛てに手紙を書いている姿を見たことはなく、夫人から手紙が来ることもなかったという。門司はこう記している。


若い人たちを体当たりに送り出している指揮官としては当然のことであった。（……）おたがいに相手を知り、良さも悪さも理解していた。いよいよ夫人をあとに残して自刃を決意したとき、第三者からの口出しを禁ずる心くばりを遺書のなかでしめしただけで、あとはいっさい未亡人の心にまかせた（……）あれだけ猛将といわれた長官であったが、生前の揮毫《きごう》などでは「和気如春」という言葉が好きであった。長官は奥さんの心根をちゃんと知っていたのだと思われる。


中将が自刃した際、淑恵は群馬県・沼田《ぬまた》に疎開していた。中将と親交のあった児玉誉士夫《こだまよしお》が車で迎えに行ったが、間に合わず、死に目に会うことができなかった。

中将が軍需省航空兵器総局総務局長だった際、児玉が児玉機関を率いて中国大陸で航空機用資材を収集していたことから、児玉と大西中将は、強い信頼関係にあったことはよく知られている。中将が自決した際も、児玉は官舎に駆け付け、中将の後を追い自刃しようとしたが、中将にたしなめられたという。

淑恵が官舎に着くと、机の上に短冊が置かれていた。

すがすがし
　暴風のあとに　月清し　瀧治郎
為淑恵殿

暴風という言葉が印象的だ。中将にとって、それまでの日々は、暴風のごとくあったのだろう。否、世の中そのものを暴風とたとえているのかもしれない。嵐の後には必ず冴《さ》え冴《ざ》えとした月が見える。今の自分は、その清らかな月を見ているように、すがすがしく閑《のど》かであることを妻に伝える言葉のように思える。

故大西瀧治郎海軍中将伝刊行会が編纂した『大西瀧治郎』に、夫人の回想が綴《つづ》られている。

臨終に間に合うことは予期しなかったが、あの大きな目玉をギョロリとむき出して、おっかない死顔をしているのではあるまいかと思いながら、死の面会をしてみると、古武士作法通り腹十文字に掻き切り、頸動脈をつき、心臓を貫いて立派な最期で、かすかに微笑を浮べたとてもいい顔をしていたので、安心したという。

門司は数年後、淑恵から、「一度死のうと思ったことがある」と告白されたことがあると門司は『回想の大西瀧治郎』でこう綴っている。

長官のあとを追おうとしたのか、特攻隊員に対する謝罪の気持からか、そのあたりはわからない。私が奥さんからその話を聞いたのは、ずっと後になってからのことである。もはや当時の心境を遠く超越したころのことであるから、奥さんの話しかたも、他人《ひと》ごとのようであった。

そのとき、奥さんは短刀を持ち出して、胸を突こうと試みた。しかし、短刀を手に持つと、どうしたことか、腕の力が抜けてしまって力が入らない。

「死ぬのが怖いんじゃないのよ。それなのに、腕がふにゃふにゃになっちゃうの」

と、彼女は自分でも面白そうに話した。

「やっぱり、死んじゃいけないってことかと思って、死ぬのやめたの」

このときから、淑恵の生き方が変わり、どう生きるべきかを考え始めたようだという。

## 「海の親鸞」の願い

ＪＲ鶴見《つるみ》駅近くの曹洞宗大本山總持寺《そうじじ》（神奈川県横浜市）に大西中将夫妻の墓と特攻隊員を供養する海鷲《うみわし》観音がある。

墓の正面に、

従三位勲二等功三級
　海軍中将大西瀧治郎之墓

と刻まれ、側面には小さな字で、

淑徳院殿恵鑑妙徹大姉
宏徳院殿信鑑義徹大居士

と中将と淑恵夫人の戒名が並び、淑恵の戒名の横には「妻　淑恵」とある。

墓石の裏には、

昭和三十八年八月二十三日再建
大西淑恵
児玉誉士夫

とあり、児玉が再建の際に協力したことが分かる。

墓石の隣には、「海鷲観音」と彫られた観音像があり、台座の裏には「昭和二十七年九月彼岸　施主　大西淑恵」と記されていた。

墓石に向かって左側に中将の墓誌「大西瀧治郎君の碑」が、右側に「遺言の碑」が建てられている。

私が墓参したのはウィークデーだったが、すでに参拝者がいたのだろう。線香が煙っていた。墓を管理する男性によると、「テレビなどで大西中将の話題が出ると、すぐに参拝者が殺到する。若い男性も多い」ということだ。

戦後、淑恵は薬瓶や飴《あめ》などの行商等を経た後、零戦操縦のエースといわれた坂井《さかい》三郎《さぶろう》に誘われて活版印刷事業の経営に携わるなどし、戦後のインフレ時代を切り抜けた。

この間、淑恵の脳裏を離れなかったのは、大西中将の墓と特攻隊員を供養する観音像を建てることだった。中将の分骨は終戦直後からずっと、兵庫県氷上《ひかみ》郡芦田《あしだ》村の菩提寺《ぼだいじ》に埋葬されていたが、淑恵の願いは、中将の墓を東京に建て、その墓と並べて特攻隊を供養する観音像を建立することだった。

昭和二十七(一九五二)年九月、淑恵の気持ちを察した協力者が現れ、東京にほど近い曹洞宗大本山總持寺に中将の墓と、観音像が完成した。

『大西瀧治郎』によると、観音像については、淑恵は、

故人は特攻に申し訳ないと言い遺して自決したのであるから、特攻で散華された方々の霊をお祀《まつ》りする観音様を故人の墓と並べて建立したい。それに故人は海の親鷲とか言われていたのであるから、親鷲子鷲連理の親子塚にしたいのだが、それも僭越《せんえつ》のように思われるから、いっそ海鷲観音としたい

と言って、「海鷲観音」と名付け、「皆様のお蔭で、ちょうど自分で働いて得た十万円が、そのまま残ったから、これを海鷲観音の資に充てたい」と発願建立したという。

昭和三十八年には、「大西瀧治郎君の碑」が建てられ、これに合わせて、墓石も一回り大きく再建、海鷲観音の台座も高く作り直された。

記念碑の完成と墓碑などの再建で行われた法要で、あいさつに立った夫人の声が録音され

ていた。夫人は礼を述べたあと、

特攻隊の御遺族の気持ちを察し、自分はどう生きるべきかと心を砕いてまいりましたが、結局、散っていった方がたの御魂のご冥福をかげながら祈りつづけることしかできませんでした

と涙声で話している。

昭和四十年代に入ると、戦後の混乱がおさまり、戦友会や慰霊祭が各地で行われるようになった。淑恵は招かれると、万難を排して参列した。淑恵の死後、遺品を整理すると、たくさんの写真やアルバムが残されていた。中将と一緒に撮った写真は数えるほどしかなく、ほとんどは慰霊祭の写真だった。日本各地、そしてフィリピンまで足を運んでいた。

元特攻隊員や遺族が、本来なら憎むべき特攻を命じた大西中将の妻を慰霊祭に招くのはなぜだろうか。私には大きな疑問だった。

門司も前述の著書で、

特攻隊の生き残りや遺族が、その命令者である大西長官の未亡人を慰霊祭に招くのは、

なぜなのだろうか――。

と問いかけ、中将が終戦の翌日、「吾死を以て旧部下の英霊と其の遺族に謝せんとす――」の遺書を残して自刃したことを挙げ、こう答えを導き出している。

フィリピンで、最初の体当たり攻撃を下命したとき、大西長官は、自分も死ぬことを決意した。言葉には出さなかったが、それは整列している隊員や、侍立している人たちにまちがいなく伝わった。（……）特攻隊員にとって、大西長官は、その創始者、命令者であったが、それと同時に、ともに死ぬことを決意した仲間だったのである。一しょ（ママ）に飛び立っては行かなかったが、いつも見まもってくれた上官であり、最後にその跡を追った指揮官であった。生き残った隊員から、こういう言葉を聞いた。
「長官は特攻隊員の一人であり、奥さんは特攻隊員の遺族の一人ですよ」
慰霊祭に未亡人を呼ぶのは、しごく当たり前のことだと彼らは考えているのであった。

また、夫人の気持ちを代弁するように、こう綴っている。

未亡人自身は、長官が自決したことで、すべてが許されるとは決して思っていなかった。いくら慰霊し供養しても、亡くなった英霊は還ってこない。この一点だけはわすれてはいけない。遺族に対するたびに、奥さんはそのことを自らに言い聞かせていたようである。

淑恵が危篤になった際、門司は九段坂病院に駆け付けている。ベッドのそばに座り、目を開けた夫人に、「苦しくないですか」と声をかけると、淑恵は、首を横に振り、一言、「わたし、とくしちゃった」とつぶやいた。

門司は、この一言は「人に語るのでもなく、独り言でもなく、自然に口から出たような言葉で、意味のある言葉として私が聞いた最後のものだった」とし、次のように受け取ったと述べている。

このみじかい、子供のような言葉には、いろいろな想いが凝縮されている。

大西長官があらゆる責任を背負って自決してくれた。そのため、自分はみんなからゆるされ、かえってだいじにされた。海鷲観音も、記念碑も、慰霊の泉も作ってもらえた。喜寿の祝いもしてもらった。そしてなによりも、生き残りの隊員たちに母親のようになつかれた――。

これらのすべての人たちに「ありがとう」という代わりに、奥さんは、最後まで彼女らしい表現で、わたしとくしちゃった、といったにちがいないのである。

そして、常に傍にいた側近の一人として、

奥さんは、長官の遺書にあったように、つましい生活のなかで、世のため人のためにつくし、天寿をまっとうした。

と記している。

大西中将が自ら「統率の外道」と称した特攻作戦。そこには、兵器を造る者、出撃を命令する者、出撃する者、見送る者がおり、それぞれに家族がいた。そして、その立場ごとに受け入れざるを得ない宿命を背負い長い戦後を過ごすことになった。

私には、大西中将の妻の淑恵も「国士」の一人だったと思える。

大西中将夫妻と共に生きた門司は、平成二十（二〇〇八）年、中将の命日と同じ八月十六日に九十歳で永眠した。

# 第三章　大義に生きた者たち

# 一　楠公精神の系譜

## 海の特攻「回天」

山口県周南《しゅうなん》市の瀬戸内海に浮かぶ大津島《おおづ》に、令和元（二〇一九）年十一月、大津島回天神社が建立された。祭神は、大楠公《だいなんこう》こと楠木正成。大津島には、大東亜戦争で展開された特攻兵器「人間魚雷回天」の訓練基地があり、今も「回天の島」と呼ばれる。

回天基地が開設された昭和十九（一九四四）年九月、兵舎の一角に正成を祭神とする小さな木製の祠《ほこら》が安置され、搭乗員は祠に手を合わせて出撃していったという。新たに建立された神社の社殿には、この木製の祠が収められている。

私は、「回天」が生まれた背景を調べようと、二十数年前から元回天搭乗員や遺族に繰り返し話を聞いてきた。その過程で、負けると分かっていても、最後まで天皇に忠義を尽くすという楠公精神が、時代を超えて特攻隊員の心に生き続け、支えになっていることに気づかされた。

回天を考案した黒木博司大尉（当時二十二歳、没後少佐）は最も影響を受けた一人だ。大

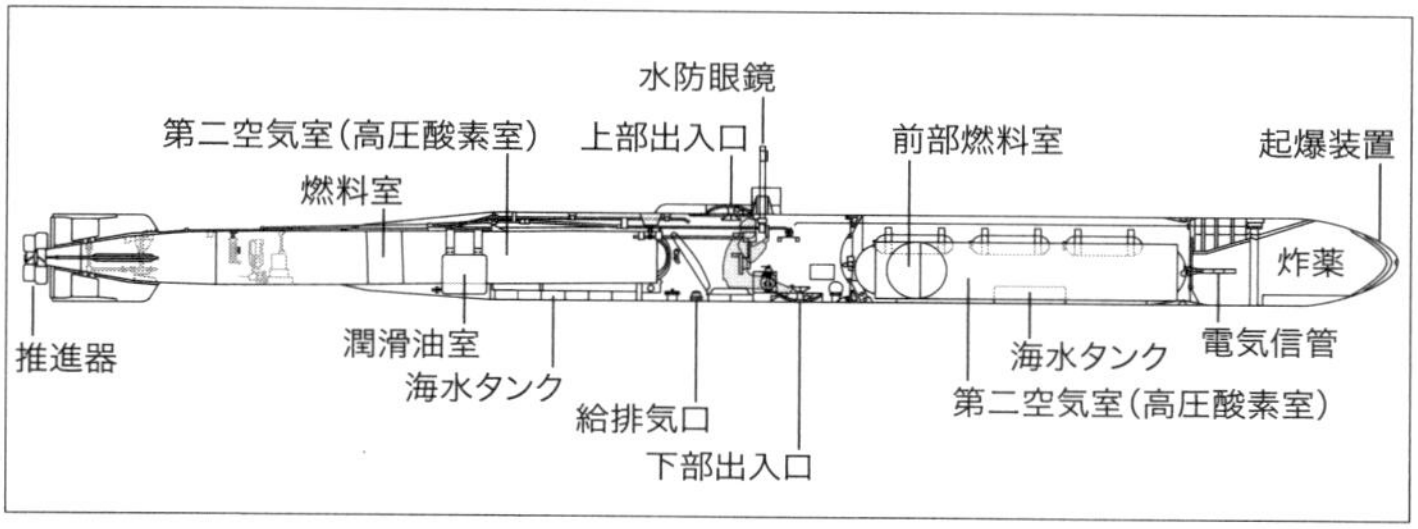


回天一型構造図　周南市地域振興部文化スポーツ課編『回天記念館と人間魚雷「回天」』を基に作成

尉は昭和十九年九月、大津島での訓練中に殉職するが、手紙や日記からは、楠公精神をよりどころに、一縷《いちる》の望みを託す命懸けの選択をしたことが浮かび上がってくる。

黒木大尉を慰霊、顕彰し、その思いを継承する「楠公回天祭」が毎年九月上旬、岐阜県下呂《げろ》市の飛騨《ひだ》信貴《しぎ》山山王坊《さんさんのうぼう》境内の回天楠公社で開かれている。祭神は楠木正成を主祭神に、回天の考案者である黒木大尉と回天で出撃、散華した搭乗員だ。

回天楠公社は、昭和三十九年一月、黒木大尉が生前、親交があった皇国史観の主唱者・平泉澄《ひらいずみきよし》氏が自ら建設地を交渉するなどして創建した。同年九月、第一回の「楠公回天祭」が執り行われている。

人間魚雷回天は、旧日本海軍が世界に誇った九三式酸素魚雷を改造した特攻兵器だ。直径六十一センチの前半分を直径一メートルの円筒で包み（長さ十四メートル）、頭部に魚雷五本分に相当する一・五五トンの炸薬《さくやく》を装塡《そうてん》、人が乗り込んで操縦し、敵艦に体当たりする。

針路と速度、深度をセットすれば自動で直進するが、艇中央の操縦席に座った搭乗員は、特眼鏡（潜望鏡）による短時間の観測で、敵艦の針路や速度、距離に応じた射角を決定しなければならないほか、高圧酸素の消費に並行して変化する浮力や釣合いを常に調整しなければならず、敵艦に必中するためには相当の熟練が必要だった。

特眼鏡による観測で、敵艦の針路や速度、距離に応じた射角を決めると、胸につるしたストップウォッチを押して、突撃を開始する。突撃開始と同時に、自らで死へのカウントダウンを始めるのだ。

発進直前、回天が故障して艇内に四塩化炭素のガスが充満、意識を失いながら九死に一生を得た予科練出身の元搭乗員（当時十九歳）は、こう証言した。

「搭乗して驚いた。油臭くて仕方がなかった。漏洩防止の油の臭いだった。操縦席は狭く、右足は曲げたままで、左足はやっと伸ばせる程度。艇内は豆ランプの小さな明かりだけで、ハッチを閉めた瞬間、孤独感と恐怖を感じた。自分の棺桶《かんおけ》だと思った。電動縦舵機《じゅうだ》（コンパス）の起動スイッチを入れ発進準備が整うまで十九もの動作があり、この動作を正確に順序通りに行わないと、発進しないだけでなく、酸素爆発を起こす。訓練そのものが事故と隣り合わせだった」

この元搭乗員は、二度出撃した。だが、最初は電動縦舵機が故障して発進できずに帰還し、二度目は太平洋上で敵艦隊を捜すが遭遇できず、そのまま洋上で玉音放送を聞いた。

また、別の元搭乗員（当時十九歳）は、出撃の体験を次のように語った。

「一回目は五基で出撃したが、潜水艦から発進できたのは二基。三基は故障して発進できなかった。一基は敵艦に突撃したが、もう一基は自爆だった。私は頭の中が真っ白で、戻るまで三人とも一言もしゃべらなかった。帰還して、母艦の潜水艦を降り、一ヵ月ぶりに見た太陽の日差しがまぶしくて仕方がなかったことだけは覚えている。戦友の自爆する爆発音は今でもはっきりと耳に残っている。彼が何を思いながら自爆装置のボタンを押したのかを考えると、胸が詰まって何も考えられない」

足を伸ばせない広さで、豆電球ほどの明るさしかない魚雷に乗り、暗闇の中を爆走して敵艦に突撃していくのが回天だった。元搭乗員の話に、背筋が凍るような恐怖を覚えた。

回天特攻作戦は、昭和十九年十一月から二十年八月まで続けられ、八十九人の搭乗員が戦死し、十五人が訓練中に殉職、二人が終戦時に自決した。また、回天を搭載した潜水艦とともに三十五人の整備員と八百十二人の潜水艦乗組員が海に散っている。

元特攻隊員や遺族らへの聞き取りを始めて三十余年になる。航空特攻の取材を進める中で回天の存在を知ったときは、とても戸惑った。黒木大尉はなぜ、「眼のある魚雷」と言われた特攻兵器を考案したのか。なにがそこまで大尉を追いつめたのか。そして搭乗員の心中はいかなるものだったのか。多くの「なぜ」が頭の中をめぐった。

## 命と引き換えに祖国を救う

昭和十七（一九四二）年に入ると、日本軍はミッドウェー海戦で壊滅的大敗を喫し、その後、ガダルカナルからの撤退、アッツ島の玉砕と、にじり寄る米軍の前になす術がなかった。日本を救うにはどうすればいいか。黒木大尉は劣勢を巻き返すには、それまでの特殊潜航艇以上の必死必殺の兵器を採用するほかないと、命と引き換えに祖国を救う道を模索する。そして、たどりついたのが、眼のある魚雷回天だった。

昭和十八年四月から翌年三月まで、「鉄石之心《てつせきのこころ》」の表題で綴《つづ》っている日記は、全文、自らの血文で書かれ、日本の惨敗を避け、国体の破壊を阻止するためには、必死必殺の特攻作戦以外はないという考えが、大尉の中で確固たるものとなっているのが分かる。

昭和十九年五月には、やはり全文血文で記した「急務所見」と題する意見書を海軍上層部に提出、国を護るには「死の戦法に徹すべき事」「天下の人心を一にすべき事」「陸海軍一致すべき事」「緊要の策を速刻断行すべき事」と四つの策を提言し、特攻兵器の採用を訴えている。

大尉の一連の言動には、強気一辺倒に突き進んでいく印象があるが、大尉の本心はどこにあったのか。

大尉と懇意にしていたある海軍大尉が、当時の大尉の肉声を書き留めている。その中で大尉は心の内をこう語っていた。

現部隊長は国賊なり。信念なく誠意なし。職責に対してしかり。

問題は全く人にあり。決死捨身の覚悟なきにあり。その中何《うち》とかなる、最後のときはやると楽観して怠慢なるにあり。国民然《しか》り。特に中央の怠慢は国賊というの外なし。戦局今日に至りし所以、全く物にあらず人にあり。

敗戦が現実味を帯びてきたにもかかわらず、軍部の方針は、大尉にとって到底納得のいくものではなかったのだ。大尉は、戦況悪化の原因を、軍指導部の怠慢と戦略の欠如、指導力不足によるものと考え、軍指導部を国賊とまで言い切っている。

行き着く先は見えていた。もはや軍部に期待は持てなかった。この状況下で日本を、そして家族や故郷を護るには、必死必殺の特攻攻撃のほかに方法はないと、大尉は追いつめられていく。

黒木大尉は、回天作戦の展開が決まった昭和十九年九月六日、大津島で樋口孝《ひぐちたかし》大尉（当時二十二歳、没後少佐）と回天の搭乗訓練中に艇が海底に突き刺さる事故で殉職する。

引き上げられた艇内には、事故発生の状況や事故直後からの応急処置など、二人が息を引き取るまでの状況と回天の改良策を書き連ねた、二千字にも及ぶ「19-9-6　回天第1号海底突入事故報告」が残されていた。息が苦しくなり目前に死が近づきながらも、作戦の完遂を優先した大尉。自分が生きる事より、日本が戦争に勝つ事の方が重要だったのだろう。職業軍人だから当然という声も聞かれそうだが、大尉らの回天への強い思いとは裏腹に、この特攻兵器を考案した大尉に対し、世間の目は必ずしも温かくはなかった。

妹の丹羽《にわ》教子《のりこ》は、生前、私に、

「戦後、あんな殺人兵器を考えなければ、うちの息子は死ななくて済んだ……という冷たい視線が、父や母に向けられました」

と語っている。

## 手紙にも「楠公」の文字

なぜ、必殺兵器を作ったのか。

その答えは、大尉が残した手紙や文書にあった。改めて彼の言葉を追いながら、その真意に近づきたいと思う。

昭和十五（一九四〇）年九月八日付の父親宛ての手紙では、近況報告とともに、家族や日本を思う強い気持ちを綴っている。

（前略）私達は日本の土に生れたが故に愛する祖国愛のみではありません。その国体が第一等であり絶対最高唯一の理想であるからであります。日本ありて父母あり、祖先あり祭礼ありです。元がなくなっては何もない。唯一つの此の国体が失われたならば、永遠に地球上から幸福と平和の第一たる孝悌《こうてい》が失われるのです。そして此処に永遠不滅絶対の大孝たる忠が生れて来ます。祖先を祭ることが出来、真に此の土を愛することが出来るようになるのであります。

私の今は斯《こ》の小孝に己のみを満足させている秋ではない。日本人をして、子孫をして又々世界の人々をも此の幸福に入れてやらねばなりません。それには日本が昌《さか》えることである。日本が盛え、四海皆同胞、八紘一宇《はっこういちう》の大皇化に浴さねばなりません。その皇軍、大孝、忠を護る皇軍としての私の使命を見出したのです。此れが本当の孝でもあると。しかし国家は永続するものである。故に之を思うは力強い雄渾《ゆうこん》、壮烈、慷慨《こうがい》、雄勁《ゆうけい》なものであります（後略）

昭和十六年に入り、対英米開戦を予感した大尉は、教子に手紙を出し、戦に臨む気持ちを伝えている。

二月四日付書簡

（前略）三年以内に日米戦の起ることも確かだ。海軍の非常時だ。夏に帰ったら、それ以後は、もう会うことはないだろう。

故に兄さんは、お父さんお母さんの愛情を余り受けたくない。期待をかけてもらいたくない。忘れてしまわれたい。そうでないと当然来たるべきものが来たとき、お父さんお母さんの、矢張、親としての悲しみが非常に大きいのではないかと思う。今度は日露戦争のとき以上の多くの真の決死隊が要るだろう。そして廣瀬中佐をモットーとする兄さんにとっては、是非此処に殉じたいものである。誰も皆同じ覚悟だろうが、兄さんは必ずやってみせる。そうでなければ、兄さんが今まで読んで日本国体の優美に感激し、忠烈烈士に全生命、全魂魄を捧げて来た感激が無になってしまう。廣瀬中佐が第二回閉塞《へいそく》隊出動に際し遺書せられた

七生《しちしょう》　報国　笑在船上

と言う気持がそのまゝ兄さんの気持ちだ。

「七生報国」とは「七度生まれ変わってでも朝敵を倒し、国を護る」という意味だ。後醍醐《ごだいご》天皇に仕えていた楠木兄弟が足利尊氏の軍に敗れ自刃した際に残したとされる言葉に由来する。

家族や知人ら親しい者たちに宛てた手紙には、この頃すでに「楠公」や「大楠公」、「七生報国」の言葉が多く登場する。数ある中から二通を紹介する。

昭和十六年七月八日付父母宛

（前略）私の最も崇仰してやまないのは、大楠公と松陰先生です。萩へ行ったときのあの感銘、私もきっと先輩のこれら忠臣志士に劣らぬだけの忠勤を致して、以て御父母の御恩愛に応え奉る決心であります。

昭和十六年十一月五日付知人宛

（前略）魂よりの念願と相成り、七生報国魂魄《こんぱく》不滅を信ずることを得、第一線に臨まんとし、雄躍たるもの有之候。嗚呼、然共海外に出でんとして心残り候ことは、正に迷莫《めいばく》たる　皇国の安危の決、眼前に逼迫仕り候ことにて候。草莽《そうもう》の臣、眇小《びょうしょう》の夫と雖も、満《まん》腔《こう》の義烈、刀を引抜きて柱に壁に物言うの心情、偏《ひとえ》に天下に警鐘を鼓撃致す第二の松陰先生の輩出を切望致して已《や》まざると共に、之もとより他に求むべきに有らず、吾人が松陰先生となりて至誠天下を導くべきを感慨仕り候。一人の力微力となさず、至誠必ずや国家天下に致す所あらんことを確信仕り候（後略）

## 楠公精神と大尉

大尉は翌昭和十七（一九四二）年八月、特殊潜航艇の搭乗員の道を選ぶ。日本はミッドウェー海戦で敗退し、連合軍の一転攻勢が本格的に始まろうとするなか、祖国の難局に対峙《たいじ》するのであれば、常に危地に出撃する潜航艇で戦いたいと考えたからだ。

特殊潜航艇は小型潜水艦で、潜水艦に搭載され敵艦隊に近づき、至近距離から発進する特攻兵器だ。特攻兵器の搭乗員の道を選んだ理由を、先述の平泉澄氏に、

八月十一日付書簡（筆者要約）

これまで経験したことのない国難に対処するため、日本人にとって最高の忠臣の鑑《かがみ》とされる楠木正成には及ばないまでも、開戦当初、真珠湾で特殊潜航艇で攻撃、壮烈な最期を遂げた九人の軍人魂を継承、死に甲斐のある働き場所を求める

と報告している。

当時の大尉の心情は昭和十八年一月一日の「尊皇遺言」からも推し量ることができる。大尉は、色紙四枚に自らの血で、楠公精神に則《のっと》り、一命を投げ出す決意を綴っている。

（前略）皇統厳存して大義あり。臣子尊皇にして能《よ》く皇統を扶《ほ》す。故に大楠公は、皇統継ぎ給う
あるを以て悲願とし、維新の志士は、尊皇を以て絶叫す、復《ま》た吾が微衷なり。世に汚隆なきに非ず。乃ち尊皇の士起ちては殪《たお》れ、斃《たお》れては継ぎ、子々相承《う》け屍《かばね》を重ねて終《つい》に今日に至る。未だ曽《かつ》て悲願消せず、留魂滅せず。即ち尊皇の存する所、楠公あり。皇統の存する所何ぞ死あらん。

嗚呼大日本は神国なり。神国危うからんとす。乃ち先哲志士切々悲願の声を聞く。書を読まざれば誰か克《よ》く之《これ》を知らん。
秋《とき》に今、皇軍死戦、神国危し、如何せん。即ち先哲に聞く。一死奉公と。正に征《ゆ》きて必ず還らざるの死を以てせば回天の大効何ぞ成らざらん。時に特殊潜航艇は天賦の利剣なり。平生の志乃《すなわ》ち決す。則《すなわ》ち昨春来熱願して暮秋に叶う。今又自から死地を画す。吁《ああ》皇の為命死すべきの悦び、今日此の心に極る。夫《そ》れ　天皇に帰一し奉らんとす。尊皇は即ち殉皇を冀求《ききゆう》す。況《いわん》や此の挙、武人の本懐なるに於てをや。願わくは齊《ひと》しく武人の本懐を諒し給う上官上司、今朝神国存亡の秋、切に余が本懐を許し給わらんことを。既に一死を決す、大効奚《なん》ぞ疑わん。或は憂う、後世浮華の論、敢て死を許せしを誹《ひ》議《ぎ》することあらんを。愚、汝之を言わんと欲せば靖国の社頭に於て言え。則ち百万の英霊慨然として汝が頭を刎《は》ねん。

唯悲願あり。冀《こ》う、有志同憂、益々相承けて先哲志士の悲願に生きんことを。

忘れめや君たおれなば吾か継ぎ

吾斃れなば君つぎくるゝを

紀元二千六百三年黎明《れいめい》　臣　黒木謹識

そして局面打破に手をこまねく軍令部に業を煮やす大尉は翌昭和十九年一月二十五日、海軍大臣直属の中央機関で、海軍艦船や兵器の計画、修造を担当する海軍艦政本部に次の嘆願書を提出した。嘆願書も血書だ。

（前略）松陰先生曰く、天下難あれば、億兆の臣民皆正に之に死すべし、億兆の臣民皆死すべからざれば、則ち、皇統は天壌と共に窮りなけん、と。乃ち今次大戦は総力戦なりと雖《いえど》も、畢竟《ひつきよう》百戦は万事を死字に賭せしもの、故に勝敗は一に死と義の徹不徹に決し仕るべく候間、今や明々白々、臣が道に何の躊躇も無之かるべく候、小官等戦局熾烈国歩艱難にして激するにあらず、本分を追求し、全力を工夫し、茲に心中莞爾《かんじ》として悦びに不堪のみに候。楠子も湊川出陣に臨んでは死を必し、又小楠公は二十有三、顕家公は二十一歳を以て殉ぜられ候。此等　皇国を護持し来られし先烈を思いては、復《また》自から必する処無之とは相済申さず候。況や国体の優、御歴代の皇恩　陛下の御深憂の程、拝し奉るときに於てをや。

願わくは武人の為に武運の長久を祈らるゝことなく、切に武人が本懐の挙を許し賜わらん事を。

吁、然共《しかれども》顧みれば小官等、つとに殉皇の実、戦勝の道、一に死の戦法に在りと確信仕《つかまつ》り（後略）

## 見出した理想の道

大尉が軍上層部に提出した要望書、平泉氏や家族らに出した手紙、日記などを見ると、敗戦から逃れられない戦況の中で、日本が生き残り家族を護るには、必死必殺の特攻攻撃のほかないという切羽詰まった「心の苦しみ」が浮かび上がってくる。そしてその思いは国を憂い大義に殉じた楠木正成の姿に重ねられていく。

湊川神社（兵庫県神戸市）の北端、クスノキが生い茂る一角に、白いしめ縄で囲まれた場所がある。

足利尊氏の軍勢五十万騎に対し七百余騎で挑んだ湊川の戦いで、敗北を覚悟した正成が、弟、正季《まさすえ》と自刃した場所「御殉節地《ごじゅんせっち》」だ。後に「七生報国」となる「七生滅賊」（七度生まれ変わってでも、朝敵を滅ぼす）という言葉が生まれた場所でもある。

『太平記《たいへいき》』は、「九界《くかい》の中には、いづこをば御辺《ごへん》の願いなる」（九界のうちどこに生まれ変わりたいか）という正成の問いかけに、正季は「七生までも、ただ同じ人界同所《にんがいどうしょ》に託生《たくしょう》して、ついに朝敵をわが手に懸けて滅ぼさばやとこそ存じ候え」（七度生まれ変わっても人間界で朝敵を倒したい）と答え、二人は刺し違えて果てたと伝えている。

また、それまで、赤坂城《あかさか》や千早城《ちはや》の戦いで、智謀に富む戦略で後醍醐天皇に尽くしながらも、策を拒否された正成の様子は、

「この上は、さのみ異儀を申すに及ばず（……）討死《うちじに》せよとの勅定《ちょくじょう》ごさんなれ。義を重んじ、死を顧みぬは、忠臣勇士《ちゅうしんゆうし》の存ずる処なり」とて、その日やがて、正成は五百余騎にて都を立って、兵庫へとてぞ下りける

と描き、得意の武略を封じられて戦場に向かい、死力を尽くした末の自害をこう評している。

智仁勇《ちじんゆう》の三徳《さんとく》を兼ねて、死を善道《ぜんどう》に守り、功を天朝《てんちょう》に播《ほどこ》す事は、古《いにし》えより今に至るまで、正成程《まさしげほど》の者は未だあらず（大義の正道に殉じ、朝廷に武勲を立てることで史上、正成ほどの人物はいなかった）。

尊氏側に立つ『梅松論《ばいしょうろん》』も、正成は、人心が尊氏側に移り勝ち目がないことを知り、涙を流しながら天皇に和睦を勧めたが、聞き入れられず、自刃につながったと伝え、

誠に賢才武略の勇士ともかようの者をや申べきとて、敵も御方もおしまぬ人ぞなかりけり

と評している。

結果として、正成は私心を捨て大義に生きることを選んだが、迷いはなかったのだろうか。諸説あるが、正成は、湊川に向かう途中、「広厳寺《こうごんじ》」(神戸市)に臨済宗の僧、明極楚俊《みんきそしゅん》を訪ね、生死の岐路に立った際の心構えを請うたと伝えられる。明極は、元から渡来し、後醍醐天皇に重用され、南禅寺《なんぜんじ》や建仁寺《けんにんじ》を任された高僧だ。

広厳寺に残る明極の行状によると、「生死交謝の時如何」(生死の帰路に立ったときどうしたらいいか)と尋ねる正成に、明極は「両頭倶《とも》に截断《せつだん》すれば、一剣天に倚《よ》りて寒し」(生きる、死ぬなどということは断ち切って、ただ自分の心を一太刀の剣にして天に向けよ)と答えたとされる。

「天命に従い、堂々と最後まで戦い切るのみ」。正成は明極の言葉に、武人としていかに生きるか、心を決したのだろう。

歴史学者の所功《ところいさお》は、楠公の決断について「楠公は天皇に大胆な戦略や戦術を進言したが、取り入れられなかった。そこで、天皇のご決定に従い、全力を尽くした。このような『詔《みことのり》を承《うけ》ては必ず謹《つつし》め』（聖徳太子が作ったとされる十七条憲法の三条）の決断こそ偉大だと思う」と語る。

第一章で「死」を決断しえるまでの特攻隊員の心の迷いについて述べたが、黒木大尉も同じだ。大尉は、母親に宛てた手紙で動揺する心のうちを明かしている。

昭和十五（一九四〇）年十一月二十三日付書簡

（前略）私のような凡人に毎日〳〵の殉皇の生活、忠臣たることは至難である故に、最後の軍人の死に臨んで立派な最後が出来るように、又魂込めた仕事が永遠に　皇国を護るように、そして日本第一の　天皇のよき赤子《せきし》、よき股肱《ここう》でありたい。今の私の至難は克己、更に、それよりも生の執着の脱出です。死が矢張、既に生命を捧げた軍人でありながら怖しく惜しいのです。

死の大悟。

此れは凡人には矢張り至難であろうと思われます。そして此の死を容易ならしむるもの、それは「死の心」より以上の、尊皇の情熱、殉皇の純心があるのみです。それは丁度親が子をかばい、子が親の為に身をすてるごとく。如何に軍隊に隊伍《たいご》が整っていても、此の心がなかったなら、否、平凡以上に絶大でなかったなら、最後の死地に入ることは絶対に不可能です。今の日本の海軍には此れがない‼

黒木大尉は、漢文で八百字ほどの「慕楠記《ぼなんき》」を書いている。幕末の志士、眞木和泉守《まきいずみのかみ》の研究で知られる思想史学者、小川常人《おがわつねんど》は、下呂市での楠公回天祭で、この「慕楠記」について語っている。

小川は大尉が号を「黒木慕楠」としていることに注目し、

楠公を敬慕し、理想とする道を見いだされたからだと思われる

と指摘する。

また、「慕楠」の意味するところを、

楠公を慕うという意味で間違いないが、ありふれた慕うとは少し意味が違う。楠公の人柄を慕い、手本とする。さらに楠公を恋しく思い、忘れないで後をついて行くという

意味を持っている。慕楠と号されたのは非常に意味が深い

と分析している。

「慕楠記」は「嗚呼楠子之誠忠、蓋天下一人矣」で始まるが、小川は、

この一句こそが、少佐が日頃楠公に対する思いを表したもので「ああ」という感嘆の気持ちを率直に発している

という。

「慕楠記」は「皇統之大義、万古定於」「神敕大義之国体千歳見、忠烈無窮之大道俟之於一楠子焉」……と続くが、小川は次のように結論づけている。

皇統の大義は、天皇陛下のお血筋の連綿と続いていくという大義で、天照大神の示された神勅によって、天皇の血筋が何代にもわたって続いていくということ。そのような大義に基づく国体は、いつまでも忠烈な人々が現われるもので、人として行う道は無窮に続いていく。これはただ一人の楠公にまつものなのだと綴られている

これが少佐の楠公に対する基本的な考え方だと思われる

皇室の歴史に詳しい所は、「黒木大尉の楠公を慕う思いは測り知れない。いとおしさを超えて狂おしさすら感じる」という。

また、回天楠公社奉賛会の元事務局長、橋本秀雄《はしもとひでお》は、「国家のために大義に生きて、大義に殉じる楠公精神が、心の支えになったのだろう」と分析する。

## 献身の美学

滅びると分かっていても最後まで天皇に忠義を尽くすという正成の生き方と楠公精神は、もののふ（武士）の鑑として時代を超えて尊敬、敬慕され、国民の心に浸透していった。

幕末には吉田松陰や眞木和泉守ら勤王の志士たちの、大東亜戦争時には黒木大尉ら特攻隊員の心の支えになった。

黒木大尉以外にも、隊員の手紙や遺書には、「七生報国」の言葉を引用するもの、表現は違っても楠公精神を精神的支柱にしていたことを偲《しの》ばせるものが多い。

回天搭乗員の二等飛行兵曹（当時十八歳、没後少尉）は、父親に宛てた手紙で、

もし、この戦争に負けたなら、大和民族は地球上から抹殺されるかもしれない。国家存

亡の秋《とき》、じっとしておられないのです。日本人であるならば、それは当然ですと、憂国の情を綴り、学徒動員で海軍に入り、回天搭乗員として散華した少尉（当時二十二歳、没後大尉）は日記にこう書いている。

戦局は日を追うて重大化しつつある。我等青年士官の責務は重大である。任務はそれぞれ異なるとはいえ、究極の目的は唯一、祖国の勝利である。
俺等は俺等の親を兄弟を姉妹を愛し、友人を愛し、同胞を愛するが故に、彼等を安泰に置かんがためには自己を犠牲にせねばならぬ。祖国敗るれば、親も同胞も安らかに生きてゆくことはできぬのだ。我等の屍によって祖国が勝てるなら満足ではないか。

当時、戦うことを望まぬ若者がいたのも事実だ。だが、彼らは戦った。戦わざるを得なかった。戦わないことは許されなかった。ほかに選択肢がなかった……ことは筆者にも理解できる。しかし、人が自分の命を差し出すことを思う時、それだけではない気がするのだ。なぜ自分の命を差し出すことができたのか。この問いを抱きながら、元特攻隊員やその関係者に話を聞き、多くの遺書や日記に触れてきた。
そして、あの時代、多くの若者たちが、「自分の命を捧げなければ、日本国民と国土を護ることができない」という強い危機感を抱いていたことを実感した。そこに、自分さえ助かればいい、自分さえよければいい、という考えは微塵《みじん》も見られず、見返りを求める者もいなかった。

回天の搭乗員の多くは「七生報国」の鉢巻きを締め、錦織りの袋に収められた短刀を受け取り出撃したという。

（前略）日本に如何なる危難襲うとも、必ずや護国の鬼と化して大日本帝国の楯《たて》とならん。身は大東亜の防波堤の一個の石として南海に消ゆるとも、魂は永久に留まりて故郷の山河を同胞を守らん。

身は消えて　姿この世に無けれども
魂残りて　撃ちてし止まん（後略）

（十七歳の一飛曹、没後少尉）

「七生滅賊」は「七生報国」と名を変え、軍国主義をあおったと批判されたが、黒木大尉ら特攻隊員の本意は違う。正成もそうであったように、進んで死にに行ったのではない。国が危急の時、私心を捨てて、自分にできることを考え抜いた末の苦渋の選択だった。

因《ちな》みに、私は話を聞いた予科練出身の元搭乗員に短刀を手に取らせて貰った。短刀は自宅の神棚に供えられていたが、余りの粗末な細工に内心言葉を失った。刀が簡単に曲がるのだ。当時の日本軍の窮状を垣間見た気がした。

「非理法権天」という楠公精神を象徴する言葉がある。


非は理に勝たず、理は法に勝たず、法は権に勝たず、権は天に勝たず

天道（至上万能の神）に従って行動すべきだと説く言葉だ。楠木家の菩提寺・中院を抱える観心寺《かんしんじ》（大阪府河内長野市《かわちながの》）の永島龍弘長老は、

「正成の精神構成の基本となった『四恩』の一つ、天の恩の『天』とは国家を治める力を意味し、国の安泰は民の幸せに通じるという密教の根本的な教え。そこに、非理法権天の精神を身につけて行ったようだ」

と推測し、

「天皇がいて、周りに自分たちがいることで日本の国が治まり、国が平安になれば民も幸せになると考えたのではないか。それが楠公精神の原点だ」

と結論付けている。


特攻隊や戦艦大和が出撃する際、この「非理法権天」が旗印として掲げられた。だが、

『太平記』や『梅松論』に、楠木正成が「非理法権天」の旗印を掲げて戦場を駆け巡ったという記述は見当たらず、正成に心酔した吉田松陰ら幕末の尊攘《そんじょう》志士らの間で語られた形跡はない。それなのに正成の代名詞のように語られる。そのことが意味するところは何なのか。多くの文献に当たったが答えを見つけることはできなかった。

永島長老の「四恩に報いることの大切さが正成の精神構成の基本となり、四恩の一つ『天の恩』が非理法権天の意味と重なり合って語り継がれたのでは」という解釈が一つの答えかもしれない。

国の安寧につなげるため、後醍醐天皇に命を預けた思いが楠公精神の象徴として「非理法権天」の漢字五文字で語り継がれ、それが大義となり、特攻隊員らの背中を押し続けたように思える。

死を予期しながら、あえて戦場に赴くことをよしとする。楠木正成の壮烈美は、その後の日本人に長きにわたって維持される美学となった。正成から始まった「もののふの系譜」に、私利私欲の世界では理解できない、綿々とつながる日本人の心と楠公精神を見る。

## 二　海外の評価

### 出撃直前の肉声

出撃前、学徒動員で特攻隊員となり「死」を受け入れた思いを録音に残している隊員がいる。

人間魚雷回天「金剛隊《こんごう》」の隊員として昭和二十（一九四五）年一月二十一日、ウルシー湾で特攻を敢行し、散華した塚本太郎《つかもとたろう》少尉（当時二十一歳、没後大尉）は、自らの声を二分半にわたって円盤に録音していた。

父よ、母よ、弟よ、妹よ、そして永い間はぐくんでくれた町よ、学校よ、さようなら。本当にありがとう。こんな我ままものを、よくもまあほんとうにありがとう。僕はもっと、もっと、いつまでも皆と一緒に楽しく暮らしたいんだ。愉快に勉強し皆にうんとご恩返しをしなければならないんだ。春は春風が都の空におどり、みんなと川辺に遊んだっけ、夏は氏神様のお祭りだ。神楽ばやしがあふれてる。昔がなつかしいよ。

秋になれば、お月見だといってあの崖下に「すすき」を取りにいったね。あそこで、転んだのはだれだったかしら。雪が降り出すとみんな大喜びで外へ出て雪合戦だ。昔はなつかしいよ。

こうやって皆と愉快にいつまでも暮らしたい。喧嘩したり争ったりしても心の中ではいつでも手を握りあって——然しぼくはこんなにも幸福な家族の一員である前に、日本人であることを忘れてはならないと思うんだ。

日本人、日本人、自分の血の中には三千年の間、受け継がれてきた先祖の息吹きが脈打ってるんだ。

鎧兜《よろいかぶと》に身を固め、君の馬前に討死したもののふの野辺の草を彩ったのと同じ、同じ匂いの血潮が流れているんだ。

そして今、怨敵を撃つべしとの至尊の詔が下された。

十二月八日のあの瞬間から、我われは、我われ青年は、余生の全てを祖国に捧ぐべき輝かしき名誉を担ったのだ。

人生二十年。余生に費やされるべき精力の全てを、この決戦の一瞬にささげよう。怨敵撃攘せよ。おやじの、おじいさんの、ひいおじいさんの血が叫ぶ。血が叫ぶ。全てを乗り越えてただ勝利へ、征くぞ、やるぞ。

年長《とした》けし人びとよ、我ら亡き後の守りに、大東亜の建設に、白髪を染め、齢を天に返して健闘せられよ。

また幼き者よ、我らの屍を踏み越え銃剣をひらめかして進め。日章旗を翻して前進せよ。

至尊のご命令である、日本人の気概だ。永遠に栄あれ祖国日本。


ここまでは、朗読のように淡々とした口調で家族へ別れの言葉を語りかけているが、最後は、

我ら今ぞ征かん、南の海に北の島に全てを投げ打って戦わん。大東亜の天地が呼んでいる。十億の民が希望の瞳《ひとみ》で招いている。みんな、さようなら。元気で征きます。


と、語気を強めて締めくくっている。

塚本少尉の弟、悠策《ゆうさく》さんによると、母親の遺品を整理していて偶然、この円盤を見つけたという。

当時九歳だった悠策さんには少尉の強烈な思い出がある。昭和十九年十一月、久し振りに実家に戻った少尉に胸ぐらをつかまれ、頰を叩《たた》かれた。理由は分からなかった。

「特攻隊員としての訓練を受けていた時期だと思う。両親のことはお前に頼んだぞと、たった一人の弟の私に言いたかったのだと思います。身体でそれを覚えさせようとしたのでしょ

う」

と言いながら目を潤ませた。

少尉は母親に、心境を綴った一冊の手帳も残していた。一部を抜粋する。

愛する人々の上に平和の幸を輝しむる為にも

俺は立派な日本人になれれば満足だ。忠義一途《いちず》の人間になれれば、それが人に知られずに消えようと、誤解の中に葬られようと、俺は満足だ

俺は日本を恋している。首ったけだ。だから、無条件

「兄の手帳を読んでいると、国のために夢中になって、自分のことを考えていないことが分かる。今の人には全然ないことです。そんな日本に歯ぎしりしている人はたくさんいますよ」

悠策さんは表情を厳しくした。

塚本少尉の二分半の肉声は私の心に突き刺さった。

こうした隊員の記録は言語の壁を越えて訴えかけるものがあるようだ。

令和元（二〇一九）年十一月には、ニューヨークの「イントレピッド海上航空宇宙博物館」が「カミカゼ、戦火を越えて（KAMIKAZE : BEYOND THE FIRE）」展を開催、隊員たちの遺品や写真を公開した。

ハワイの「戦艦ミズーリ記念館」は、知覧特攻平和会館と協定を結び、平成二十七（二〇一五）年から特攻隊員の遺書など約百点を展示している。来場者からは、「家族にサヨナラを告げなければならなかった人々を思うと心が張り裂けそう」「私たち全員に通じる『葛《かっ》藤《とう》』という人間の側面を示している」といった感想が寄せられているという（令和元年八月十九日付「日本経済新聞」）。

## マルローが見た「特攻」

フランス人文学者のモーリス・パンゲは『自死の日本史』（講談社学術文庫）の中で、塚本少尉ら特攻隊員の死をこう分析している。

それは日本が誇る自己犠牲の長い伝統の、白熱した、しかし極めて論理的な結論ではなかっただろうか。それを狂信だと人は言う。しかしそれは狂信どころかむしろ、勝利への意志を大前提とし、次いで敵味方の力関係を小前提として立て、そこから結論を引き出した、何物にも曇らされることのない明晰な論理というべきものではないだろうか。

その上で、特攻を狂信、狂乱だと批判する声に対しては、

　彼らにとっては単純明快で自発的な行為であったものが、われわれには不可解な行為に見えたのだ。強制、誘導、報酬、妄想、麻薬、洗脳、というような理由づけをわれわれは行なった。しかし実際には、無と同じほどに透明であるがゆえに人の眼には見えない、水晶のごとき自己放棄の精神をそこに見るべきであったのだ。

　心をひき裂くばかりに悲しいのはこの透明さだ。（……）彼らにふさわしい賞賛と共感を彼らに与えようではないか。彼らは確かに日本のために死んだ。


と結んでいる。

　特攻隊戦没者慰霊顕彰会発行の会報「特攻」第八号に元特別操縦見習士官で元リヨン大学客員教授の長塚隆二《ながつかりゅうじ》が、フランスの政治家でド・ゴール政権で文化相を務めたアンドレ・マルローの特攻隊に対する感想を紹介している。

　長塚は昭和四十九（一九七四）年夏、パリ郊外のマルローの自宅を訪ねた際、

（日本には）生命の貴さを力説するために「あたら若いいのちを粗末にして」と特別特攻隊員をとやかくいう進歩的知識人もいた。途中でグラマンに食われることを承知で練習機にまで爆装して出撃させた軍上層部の無謀をあげつらうならともかく、特攻隊員の純粋な心を傷つける言葉に、私は憤怒を覚えたことが一度や二度ではない

と愚痴をこぼしたところ、マルローはきびきびした声でこう反応したという。

日本は太平洋戦争に敗れはしたが、そのかわり何ものにもかえ難いものを得た。これは、世界のどんな国も真似のできない特別特攻隊である。スターリン主義者たちにせよナチ党員たちにせよ、結局は権力を手に入れるための行動であった。日本の特別特攻隊員たちはファナチックだったろうか。断じて違う。彼らには権勢欲とか名誉欲などはかけらもなかった。祖国を憂える貴い熱情があるだけだった。代償を求めない純粋な行為、そこにこそ真の偉大さがあり、逆上と紙一重のファナチズムとは根本的に異質である。人間はいつでも、偉大さへの志向を失ってはならないのだ。

戦後にフランスの大臣としてははじめて日本を訪れたとき、私はそのことをとくに陛下に申し上げておいた。

フランスはデカルトを生んだ合理主義の国である。フランス人のなかには、特別特攻隊の出撃機数と戦果を比較して、こんなにすくない撃沈数なのになぜ若いいのちをと、疑問を抱く者もいる。そういう人たちに、私はいつもいってやる。《母や姉や妻の生命が危険にさらされるとき、自分が殺《や》られると承知で暴漢に立ち向かうのが息子の、弟の、夫の道である。愛する者が殺《あや》められるのをだまって見すごせるものだろうか？》と。私は、祖国と家族を想う一念から恐怖も生への執着もすべてを乗り越えて、いさぎよく敵艦に体当たりをした特別特攻隊員の精神と行為のなかに男の崇高な美学を見るのである。

長塚によると、マルローはこう言うと床に視線を落したまましばらくの間、黙禱《もくとう》したという。

パンゲは「明晰な論理」という言葉を使い、マルローは特攻隊を「崇高な美学」と表現している。だが、遺族と面談し、この「崇高な美学」を支え見送る側にいた人々の苦しみに触れるたびに、私は他人事とは思えなかった。

見送った者の苦痛は戦後も続き、戦後八十年近くたった今も、心に重い影を引きずっている遺族は多い。

フランス文学者の篠沢秀夫《しのざわひでお》は『愛国心の探求』（文藝春秋）で、

特攻が我々にとって何を意味するかが問題である。

と提起、西洋史学者の会田雄次《あいだゆうじ》が現職の京都大学教授だった昭和三十年代、いわゆる革新府政の京都で高校教諭をしていた友人に誘われて、その人が生徒を引率して、太平洋戦争を描いたアメリカ映画を見るのに付き合った。実写フィルムの部分があり、次々と突入する特攻機が被弾して撃墜される度に、男女生徒は全員ドッと笑い拍手する！　終わって帰ろうとする会田氏にその友人は口の端を歪めて得意そうに笑い「平和教育が徹底しとるからな」と言った。

という例を挙げ、「特攻の死者を愚弄《ぐろう》するのが何の平和教育か」と憤り、次のように主張している。

特攻隊員を同胞とも思わず、撃墜される姿を「失敗」として笑う青年男女は、自己愛しか、それも極度に狭まった形の自己愛しか持てない大人になって行ったに違いない。（……）特攻の問題そのものを、隊員の心に戻り、そして今の我々の問題として、自分の言葉で考えることが、歴史観の根幹にかかわる重大事であろう。今も我々は、若くして死んだ特攻隊員の我々への愛の中で生きているのだ。そういう「見ない愛」を抱けた彼らの心の中には、古代近世近代の日本のすべてが生きていたのだ。

『怪談』で知られるラフカディオ・ハーンは特攻隊員の心の整理の原点にあるのは「自己犠牲の精神」であるとし、『心』（岩波文庫）の中で、日清戦争に勝利した日本の国力の原動力になったのは、神道と仏教という二つの伝統宗教によって養われた自己犠牲的、奉仕的国民性だと説いている。

確かに、元特攻隊員の話を聞くと、家族や故郷を護り抜き、日本の歴史や文化を未来に引き継ぎたいという思いが死の恐怖より勝り、「それを実現するためには自分を犠牲にしても」という結論に至っている。

しかし、元特攻隊員から「自己犠牲」「美学」の言葉を直接聞くことはない。彼らは、それを「任務」や「当然」とさらりと語り、散華した隊員の遺書には単に「任務」と記される。自己犠牲を強調する者は見当たらない。彼らの言葉から決断までの葛藤と苦悩は伝わるが、自らを納得させ、自然と往《い》くことを決めているのだ。

特攻作戦を通じて諸外国に驚きを与えた自己犠牲という究極の選択。それがマルローやハーンによる日本人分析と相まって、特攻作戦の是非よりも、「なぜ、日本人は究極の選択ができるのか」という議論になったとしても不思議でない。ハーンが指摘するように「自己犠牲」の精神は日本人の中にあるものだと思う。しかし、それは戦争という究極の選択を迫られる場面で殊更に煽《あお》られたものではなく、自ずと働いたに違いない。私は特攻隊を美学や戦術としてではなく、これらをふまえた人間論として考えたいと思っている。

## 分析される「神風攻撃」

特攻攻撃は、先の大戦中にも連合国の注目を集めていた。

米空母機動部隊を指揮したレイモンド・エイムズ・スプルーアンス大将は沖縄戦最中の四月十七日、太平洋戦域総司令官チェスター・ニミッツ元帥に次のような電報を打っている。

日本軍の自殺機による攻撃は作戦的効果を累増しつつあり、これによるわが艦船の喪失と損傷は、これ以上の攻撃を阻止するため取り得る一切の手段を講ずることを必須とする段階に到達した。よって太平洋艦隊は、その使用し得るすべての飛行機を動員し、急速に九州及び台湾の敵飛行場を攻撃されんことを要請す。

この電報を受けて、米戦略爆撃隊本部は、サイパンやグアムのB29爆撃機二百八十機で鹿屋や宇佐など九州の各基地を攻撃したという。

スプルーアンス大将の電報は、特攻隊が米軍に与えた脅威の程を物語っているが、アメリカ軍は特攻作戦をどうとらえてきたのか。

元従軍記者ロバート・シェロッドは、アメリカ側から見たフィリピン戦における特攻機の戦果をこう記している。

いかに神風攻撃が有効であったかを、戦争の終わった時に知り得た。比島作戦においては、神風攻撃の二六・八％が戦果を挙げている。即ち延べ六百五十機のうち百七十四機が命中または至近弾となって奏効している。沖縄戦では比率は落ちて奏効率は一四・七パーセントであるが、機数が多く約千九百機であったから二百七十九機が戦果を挙げている。十カ月の特攻期間にアメリカ海軍損傷艦の四八・一パーセント、全戦争期間四十四カ月の沈没艦の二一・三パーセントは神風の戦果である。ハルゼー大将は自信ありげに神風の効果を一パーセントだと言っているが、実際にはその二十六倍の効果を上げている。

（『日本海軍航空史』（時事通信社）掲載の訳文を基に一部数字を正した）

さらに調べてみると、米軍の公式報告や記録、軍高官からアメリカ大統領に至るまで高く評価されている。

（チャーチル英首相に）カミカゼが連合軍艦隊に与えている死傷者を懸念し、戦争の早期終結への期待が低下している。

（フランクリン・ルーズベルト大統領）

日本人によって開発された唯一の、もっとも効果的な航空兵器（……）は自殺機（……）で、戦争末期の数ヵ月間に、日本陸軍と日本海軍の航空隊が連合軍艦船にたいして広範に使用した。

（米国戦略爆撃調査団）

アメリカにとって、カミカゼによって被った実際の損失は深刻な懸念を引き起こした。カミカゼに対抗するため、B29の二千回の出撃が、日本の都市や産業への戦略爆撃から九州の神風飛行場への攻撃に転用された。日本軍がより強力で集中的なカミカゼ攻撃を維持できていれば、アメリカ軍は撤退するか、戦略計画の修正を余儀なくされたかも知れない。

（米国戦略爆撃調査団）

神風特攻隊にたいするもっとも有効な手段は、敵がパイロット切れになることであった（……）（特攻開始によって）日本軍は米海軍がこれまでに遭遇したもっとも新しく、かつもっとも恐るべき問題を提起した。

（アメリカ海軍諜報部）

特攻機は非常に効果的な武器で、われわれとしてはこれを決して軽視することはできない。私はこの作戦地域内にいたことのないものには、それが艦隊に対してどのような力を持っているか、理解することはできないと信じる。（後略）

（レイモンド・スプルーアンス大将）

（艦上戦闘機の増強を）緊急に要請します。（……）自爆攻撃は、もし対抗しなければ、こちらの空母と貴官（ニミッツ）の将来の作戦にとって由々しき脅威であります。対抗するにはさらに多くの戦闘機が必要であり、（……）定数を増やす以外に、さらなる戦闘機は見つかりません。

（ウイリアム・ハルゼー元帥）

沖縄作戦は攻撃側にとってもまことに高価なものであった。（我が海軍が被った損害は、戦争中のどの海戦より遥《はる》かに大きかった。沈没三十隻、損傷三百隻以上、九千名が死傷または行方不明になった。）艦隊における死傷の大部分は日本機、主として特攻機の攻撃によって生じたものである。

（チェスター・ニミッツ元帥）

（レイテ海戦で）神風隊飛行士がはじめて本格的に姿を現した。このおどろくべき出現は連合軍の海軍司令官たちをかなりの不安におとしいれ、連合軍艦隊の艦艇が至るところで撃破された。空母群はこの危険な神風攻撃の脅威に対抗するため、もっている飛行機を自分自身を守ることに使わねばならなくなり、そのためレイテの地上部隊を援護する仕事には手が回らなくなったのである。

（ダグラス・マッカーサー元帥）

近年では、この特攻作戦について中国政府もまた関心を持っているようだ。

令和五（二〇二三）年二月三日付産経新聞で、ワシントン駐在客員特派員でジャーナリストの古森義久《こもりよしひさ》が伝えるところによれば、米国の安全保障の大手研究機関「戦略予算評価センター（CSBA）」が同年一月中旬に公表した「太平洋戦争の中国への教訓」と題する報告書で、中国軍が太平洋戦争での日米両軍の攻防を細かく研究していることが明らかになった。中国側は「ミッドウェー海戦」「ガダルカナル島攻防」「沖縄戦」の三件に絞り、中でも特

攻作戦が大々的に展開された「沖縄戦」については、

米軍は兵員、兵器と物量で圧倒的な優位にあった。だが日本側は米軍の当初の上陸部隊を水際でもっとたたくことが可能だった。空からの攻撃が海上の巨大な戦艦（大和）を無力にできることを立証した。だが日本側の自爆の神風攻撃はかなりの効果をあげた。

と分析しているとしている。

また、約百ページの報告書を作成したCSBAの上席研究員で、長年、中国人民解放軍を研究、中国の軍事動向について全米有数の権威とされるトシ・ヨシハラは、

将来の米中戦争は日米両軍が戦ったのと同じ広大な海域も予測されるため中国側はその歴史を重視するのだろう。

と解説していると、古森は伝えている。

その戦果から諸外国は特攻隊を高く評価しているが、特攻作戦の根底には、多くの若者が、戦争に反対し、負け戦の懸念を持ちながらも、イデオロギーや主義主張を切り離し、自らの

命を差し出している事実があることを忘れる事はできない。

## ウクライナ侵攻から考える「平和」

令和四（二〇二二）年四月十日、鹿児島県南さつま市の万世特攻慰霊碑「よろずよに」前で行われた万世特攻慰霊碑第五十一回慰霊祭（万世特攻慰霊碑奉賛会主催）に参列した。

陸軍最後の特攻基地とされる万世飛行場からは、昭和二十（一九四五）年三月から四ヵ月の間に、十代の少年飛行兵を含む陸軍特攻振武隊百二十一人と第六十六戦隊七十二人、第五十五戦隊六人ら計二百一人が沖縄の空へ飛び立つなどして散華した。

慰霊碑は、飛行場跡地の一角に建立されており、慰霊祭は、四十九回と五十回はコロナ禍で縮小して行われ、参列者も四十九回は十人、五十回は百五十人だったが、この年は三十六人の遺族のほか一般参加を含め約二百人が参列した。

慰霊祭では、万世特攻慰霊碑奉賛会の本坊輝雄《ほんぼうてるお》会長が、

「今年二月にロシア・プーチン政権が、ウクライナに軍事侵攻し、ウクライナ国民の悲惨な状況がテレビ等で放映され、戦時下におけるウクライナ国民の悲痛な叫びとこどもをはじめとする多くの一般市民が犠牲になられていることに心の痛む日々であります」

と、ロシアのウクライナ侵攻に触れ、

「戦後七十七年のわが日本のために尊い命を捧げた皆様方の崇高な精神と使命感、歴史の真

実を後世に語り継ぎ、平和社会を築くことは、私たちの責務であることを今、ここに改めてお誓い申し上げます」

と、追悼の言葉に繋《つな》いだ。

続いて、第七十三振武隊として昭和二十年四月六日に出撃、散華した加覧《がらん》幸男少尉の弟、優（当時八十六歳）が、

「あの大戦から七十七年の歳月が流れ、困難な道を乗り越え、昭和、平成、令和となり、わが国は平和な国家として発展して参りました。これも散華された特攻隊員の大和魂を引き継いだ国民の証《あかし》であると思います。我々日本人は、日本を愛し、平和な日本を築くことを願うばかりです」

と慰霊の言葉を述べた。

慰霊祭では南さつま市立坊津《ぼうのつ》学園中学三年（当時）の松元法香による「若者の誓い」が読み上げられた。

私の故郷には美しく広大な海が広がっています。幼いころから浜に打ち寄せる波の音、潮風の吹く町中の景色。私の側にはいつも海がありました。私にとって広くて深い思い入れのある海を背景に、今から七十七年前、特攻隊員の若い命が遠い戦地の海へ旅立って行きました。彼らの目には一体、どのような景色が写っていたのでしょうか。私は一

年前、学校の平和学習の一環として、知覧の特攻平和会館に行きました。事前学習として、特攻をするに至った背景や隊員たちの手紙などに触れる時間はあったものの、実際に現地で感じた衝撃は今も鮮明に思い出せるほど、私の脳裏に焼き付いています。隊員たちの遺書や彼らの生涯を綴った文章など、胸が締め付けられるようなものを目にしていくうちに、違和感を覚えている自分に気づきました。

数時間後に自分の死が定まっている隊員たちが皆、満面の笑みを浮かべているのです。なぜ、笑っているのだろうか。死ぬのが怖くないのだろうか。考えれば考えるほど、私の中の違和感は膨れ上がるばかりでした。お国のために、と正義を貫き、自分自身の死が刻一刻と迫る恐怖は想像する事さえも憚《はばか》られることと思います。

平和について今一度、自分に問いかけてみたとき、それは、いつ壊れてしまうか分からぬ、はかなくもろいものです。今、私が当たり前のように学校に行き、当たり前のように友達と語り合い、当たり前のように家に帰る、当たり前のように眠りにつく。生活に溢《あふ》れるそんな当たり前に対する考え方を見直してみる必要があると思います。

戦後から七十年以上も時が経ちました。時が経てば経つほど、当時を経験した人は減り、平和や戦争に対する意識や記憶がおぼろげなものになりつつあります。今、この時代に生きる私たちにできることは、一体、何なのでしょうか。世界中で起きている貧困や戦争の解決に貢献するなど、大それたことはできなくても、これからの未来を作っていく私達には、戦争について後世に伝え、平和を尊び、守り続けていく使命があるはずです。自分の命、他人の命、かけがえのない命を大切にし、守り続けていくことをここに誓い、若者の誓いの言葉とします

慰霊の言葉を捧げた加覧優は当時十歳だった。慰霊祭の後、私に、

「兄は戦闘機乗りにあこがれ、国のためにと自分から飛び込んでいったわけでしょうけど、かわいそうというだけではなくて、自分の信念、命を懸けていったのかと思うと立派だったと思わざるを得ない」

と兄に対する思いを語り、

「（慰霊祭は）参加することに意味がある。次の代につないでいかないといけない。ウクライナの問題は考えられないです。これだけ平和、平和と叫んでみても、現実はこういう状況でしょう。常識が通らない世の中になっている。ここ（万世）は平和の発信基地として発信していかなければならないと思う。平和ほど尊いものはない」

と慰霊祭を続け、語り継ぐことの大切さを力強く話した。

平成二十一年から、資料を基に来館者に当時の様子や展示品の紹介を続け、慰霊祭に深く関わっている万世特攻平和祈念館の語り部で管理事務員の小屋敷茂《こやしきしげる》（当時七十四歳）は、慰霊祭の後、私に慰霊に対する思いを熱く語った。

「言葉はきついかもしれませんが、戦争というのは人間は鬼になるんだと。人道的という言葉を使うが、戦争は勝つか負けるか。だから鬼になったような作戦もするんだと思います。だから、世のご遺族は皆さん、何があっても戦争は反対だと言います。

若い人には、万世特攻平和祈念館に来て、祈念館を知って頂きたい。祈念館に何が残っているか、特攻隊に行った人が何を残していったのかを知って頂きたいのです。そして、特攻隊員が残した言葉が、どういう意味の言葉なのかを知って頂ければ、普通の平和な生活につながっていくのかなあと思います」

年々、高齢化等で慰霊祭の参列者数が減る傾向が強いことに、

「慰霊祭と国を護ることは表裏一体と、考えないといけないと思います。平和、平和と、平和だけを唱えてもだめ。国を護るためにはどうするかを考えていかないといけない。どれだけの武力を持っていいのかは分かりません。だけど、国を護るために何をすべきなのか、どうあるべきなのか。

今回のロシアのウクライナ侵攻は、我々国民にとって、それを考えるいいきっかけになったと思います。国民の一人一人が日本の国を護るにはどうすべきかを考えないとだめです。平和だけを唱えていてもだめだと思っています」

今後、具体的にはどのように広めていこうと考えているのかを尋ねると、次のように話した。

「イデオロギーは別にして、とにかく慰霊をする気持ちが強い職員がおれば、その施設は強くなっていくと思います。来年もまた、一冊の本をだしますが、それをご遺族に送らせて頂きます。そうすると途切れない。慰霊祭は、これからも続けて行きます」

# あとがき

職業として軍人を選んだ陸軍士官学校や海軍兵学校出身者、短期速成の教育を受け学徒出陣した予備学生、幼なさの残る笑顔を残して南の海に消えていった海軍飛行予科練習生や陸軍少年飛行兵。彼らが残した遺書や手紙を読み、元特攻隊員や遺族の声を聞き取る三十年余りの日々は、あまりの現実に言葉を失うことが多かった。そして、なぜそれほど強くなれるのか、なぜそれほど冷静沈着でいられるのか、自分はその立場になる覚悟はあるか、という自問を続ける日々でもあった。

会ったことのない隊員の夢を見るほどになりながら考え続け、気づいたのは、全く何も理解しておらず、特攻隊を美化している自分の姿だった。自分を恥じた私は、「命を懸ける」という言葉を安易に口にできなくなった。選挙で「命を懸けて公約を実現します」と訴える候補者に出会う度、その意味を分かって使っているのか、と腹が立った。

特攻隊員の経歴は様々だが、誰ひとり名誉や栄達を求めていないことにも気づいた。名誉栄達を求めていたら、命を差し出すことはできなかったのではないかと思う。

私が接する事ができた特攻隊員や遺族の言葉はほんの一部にすぎないが、多くの事に気づかされてきた。

例えば、隊員の遺書や遺言には「感謝」と「任務」「使命」の文言が頻出する。この使命感の根底にあるのは、強い責任感であり、彼らは誇りを胸に行動している。だが、戦後、こうした社会への使命や任務という意識が薄らぎ、まず自分ありきの考え方が広がっているように思う。

「もののふ」という言葉がある。元来、武人、武士を表す言葉だ。特攻隊は、楠木正成に始まり、幕末・明治維新へとつながった「もののふの系譜」に連なるものだと感じている。そこにあるのは、私利私欲を優先していては理解することができない「日本人の心」だ。そして、戦後八十年の間に、日本人はこの大切な心を失ったばかりか、失ってしまった事にすら気づいていないように思う。

作家、三島由紀夫《みしまゆきお》は自決する約四ヵ月前の昭和四十五（一九七〇）年七月七日、サンケイ新聞（現・産経新聞）に寄稿した随想「果たし得ていない約束——私の中の二十五年」の中で、

日本はなくなって、その代わりに、無機的な、からっぽな、ニュートラルな、中間色の、富裕な、抜目がない、或る経済的大国が極東の一角に残るのであろう

と、豊かさのみを追い求める日本の姿を憂えているが、その指摘は令和の時代になっても日本の姿を言い当てている。

私は平成二十（二〇〇八）年頃から、外国資本が日本の不動産を買いあさる状況を取材し、『爆買いされる日本の領土』『領土消失』（共に角川新書）などで発表しながら今も追跡調査している。国家とは、領土があり、国民がいて、主権があって初めて成り立つものだ。不動産、つまり領土が外国資本に買収され続けていては、国家が成り立たなくなる。

特攻隊員はこのような日本の姿を想像しただろうか。

日本の繁栄と平和の礎は、戦争に征った若者の故郷を思う気持ちと見返りを求めない家族愛によって作られたものであり、若者たちがいかに生き、どのように死んでいったか、残された家族は戦後、何を思い生き抜いたかを語り継ぎ、自問を続けることは今を生きる者の責務だと感じる。六千柱以上の特攻戦没英霊の思いが忘れられ、歴史の彼方に消え去ってしまうのを恐れる。

本書を執筆中、「特攻」に関心を寄せ、慰霊の心を持った幾人かの若者に出会い、特攻隊員の思いは確かに伝わっているのだと胸が熱くなった。

理想や理屈だけでは故郷を、家族を、日本を護れないこと、「感謝」と「覚悟」が必要なことを特攻隊員は教えてくれる。特攻隊員の足跡は、今も私たち日本人の魂を揺さぶり続け、特攻隊を慰霊し特攻隊と向き合うことは、日本人を見直すことにつながると信じる。私はその態度を「親日保守」という言葉で表現したい。反米保守でも親米保守でもない、親中保守でも反中保守でもない。イデオロギーは関係ない。日本にしっかりと根差し、IT化やAI化が進もうと、日本人が決して失ってはいけないものだ。それを忘れないように気づかせ続けてくれるのが特攻隊であり、特攻隊を顕彰、継承することが、三代、四代先の日本の将来につながると信じている。本書が一人でも多くの人の心に届けばと願っている。

執筆にあたっては、元特攻隊員や全国のご遺族、特攻隊戦没者慰霊顕彰会、回天楠公社奉賛会、知覧特攻平和会館、万世特攻平和祈念館、神風特攻敷島隊五軍神愛媛県特攻戦没者奉賛会、大刀洗平和記念館、鹿屋航空基地史料館、靖国神社、沖縄県護国神社、世田谷観音《せたがやかんのん》など多くの方々のご協力を得た。辛い記憶にもかかわらず話を聞かせて下さった皆様に深く感謝申し上げる。

これからも、元特攻隊員とご遺族への聞き取りを続け、歴史と思いを継承していきたいと、決意を新たにした。最後に、執筆の際、思い悩む私を叱咤《しった》、激励してくれたKADOKAWAの陸田英子氏、黒川知樹氏に感謝申し上げる。

令和六年九月

宮本　雅史

# 主要参考文献

阿川弘之『雲の墓標』（新潮文庫）
足立次郎他『海軍陸上攻撃機隊　九六陸攻・一式陸攻隊戦記集』（今日の話題社）
石垣正二『みのかさ部隊戦記』（ひるぎ社）
大谷内一夫訳編『ジャパニーズ・エア・パワー　米国戦略爆撃調査団報告／日本空軍の興亡』（光人社）
小野田政他『太平洋戦争ドキュメンタリー第二十三巻　神風特攻隊出撃の日　他四篇』（今日の話題社）
海軍神雷部隊戦友会編集委員会編著『海軍神雷部隊』
海軍少佐黒木博司生誕百年記念委員会編『海軍少佐　黒木博司遺文集』
神坂次郎『特攻　還らざる若者たちへの鎮魂歌《レクイエム》』（ＰＨＰ研究所）
神坂次郎『今日われ生きてあり』（新潮文庫）
故大西瀧治郎海軍中将伝刊行会編『大西瀧治郎』
小灘利春、片岡紀明『特攻回天戦』（光人社）
小林広司『黒島を忘れない』（世論社）

篠沢秀夫『愛国心の探求』（文藝春秋）
城山三郎『指揮官たちの特攻』（新潮社）
高木俊朗『特攻基地　知覧』（角川文庫）
田村洋三『特攻に殉ず　地方気象台の沖縄戦』（中央公論新社）
潮文社編集部編『わが心の春夏秋冬』（潮文社）
特攻隊戦没者慰霊顕彰会編『特別攻撃隊全史』
特攻隊戦没者慰霊顕彰会編『森丘哲四郎手記』
内藤初穂『桜花』（文藝春秋）
苗村七郎『陸軍最後の特攻基地』（東方出版）
仲新城誠『「軍神」を忘れた沖縄』（閣文社）
日本海軍航空史編纂委員会編『日本海軍航空史』（時事通信社、全四巻）
万世特攻慰霊碑奉賛会事務局他編『特攻鎮魂の譜　よろずよに』
兵藤裕己校註『太平記』（岩波文庫、全六巻）
舟木正明（取材・文）『陸軍特別攻撃隊の真実　只一筋に征く』（ザメディアジョン）
防衛庁防衛研修所戦史室編『戦史叢書』（朝雲新聞社）
又吉康助『千尋の海　軍神・伊舎堂中佐の生涯』
宮本雅史『「特攻」と遺族の戦後』（角川ソフィア文庫）

宮本雅史『海の特攻「回天」』（角川ソフィア文庫）
モーリス・パンゲ『自死の日本史』（竹内信夫訳、講談社学術文庫）
森史朗『敷島隊の五人　上・下』（文春文庫）
門司親徳『空と海の涯で』（毎日新聞社）
門司親徳『回想の大西瀧治郎』（光人社）
矢代和夫・加美宏校註『梅松論・源威集』（現代思潮社）
ラフカディオ・ハーン『心』（平井呈一訳、岩波文庫）
「今日の話題　戦記版　神雷部隊記」（土曜通信社）
「特攻」（特攻隊戦没者慰霊顕彰会）
「別冊一億人の昭和史　特別攻撃隊」（毎日新聞社）
「別冊歴史読本　海軍航空隊とカミカゼ」（新人物往来社）
朝日新聞、読売新聞、毎日新聞、産経新聞、日本経済新聞など

装丁　國枝達也
装画　agoera
図表　小林美和子

本書は書き下ろしです。

宮本雅史（みやもと・まさふみ）

1953年、和歌山県生まれ。産経新聞社東京本社編集委員。慶應義塾大学法学部卒業後、産経新聞社入社。90年、ハーバード大学国際問題研究所の訪問研究員、90年11月-91年12月まで、ボランティアでジョセフ・ケネディ下院議員（当時）ボストン事務所のプレス担当秘書を務める。93年、ゼネコン汚職事件のスクープで日本新聞協会賞を受賞。司法記者クラブキャップ、警視庁記者クラブキャップ、バンコク支局長、東京本社社会部次長、社会部編集委員、那覇支局長などを歴任する。特攻隊戦没者慰霊顕彰会評議員、神風特攻敷島隊五軍神愛媛県特攻戦没者奉賛会顧問。本部御殿手真武会宮本道場を主宰。主な著書に、『報道されない沖縄』『少年兵はなぜ故郷に火を放ったのか』（以上、KADOKAWA）、『「特攻」と遺族の戦後』『海の特攻「回天」』（以上、角川ソフィア文庫）、『爆買いされる日本の領土』（角川新書）、『領土消失』（共著、角川新書）、『歪んだ正義』『「電池が切れるまで」の仲間たち』（以上、角川文庫）、『電池が切れるまで』（角川つばさ文庫）、『国難の商人』（産経新聞出版）などがある。

「特攻《とつこう》」の聲《こえ》　隊員《たいいん》と遺族《いぞく》の八十年《はちじゆうねん》

2024年10月 4 日　初版発行

著者／宮本雅史《みやもとまさふみ》

発行者／山下直久

発行／株式会社KADOKAWA
〒102-8177　東京都千代田区富士見2-13-3
電話　0570-002-301（ナビダイヤル）

印刷・製本／大日本印刷株式会社



●お問い合わせ
https://www.kadokawa.co.jp/（「お問い合わせ」へお進みください）
※内容によっては、お答えできない場合があります。
※サポートは日本国内のみとさせていただきます。
※Japanese text only

定価はカバーに表示してあります。


ISBN 978-4-04-115046-7　C0095

宮本雅史の本

# 「特攻」と遺族の戦後

## 語り継ぐべき思いがある

鹿児島県知覧などから出撃した特攻隊員の多くは17歳から20代後半だった。愛する者を残して征った青年、散華した婚約者を思い続けて生きる女性。手紙や遺書、証言から、隊員たちの人生と思いに真摯に迫る。

解説・神坂次郎

角川ソフィア文庫

## 宮本雅史の本

# 海の特攻「回天」

## 知られざる「人間魚雷」の記録

第二次世界大戦末期、人間魚雷「回天」に搭乗し必死の出撃をした青年たちがいた。若き特攻隊員が命を賭して守りたかったものは何か。手紙や証言を通して、彼らの一途な想いと覚悟の本質に迫るノンフィクション。